IL SEGRETO DEI FATTI PALESI SEGUITI NEL 1859

NICCOLÒ TOMMASEO

Texte et illustration de couverture : © domaine public
Edition : Culturea (Hérault, 34)
Contact : infos@culturea.fr
Retrouvez notre catalogue sur http://culturea.fr
Imprimé en Allemagne par Books on Demand
Design typographique : Derek Murphy
Layout : Reedsy (https://reedsy.com/)

Dépôt légal : janvier 2023
Tous droits réservés pour tous pays

ISBN : 9791041843749

Chi leggesse per primo lo scritto intitolato Il Papa non è Re, ma il Cardinale Antonelli, o l'altro l'Italia di mezzo, badi che alcune delle cose toccate in quelli hanno al possibile dichiarazione dagli altri nell'opuscolo contenuti. Dico al possibile, perchè certe cose non è lecito esprimere nelle stagioni che la libertà comincia o finisce, come in quelle di piena servitù, quando il dire è pericolo; dove all'incontro in quell'altre il reprimere i propri affetti può essere più difficile coraggio, perchè più forte astinenza. Ciò nondimeno accennasi qui entro a cagioni o circostanze di fatti, non indicate ne' documenti e ne' libri finquì pubblicati. La novità non è invenzione, è sincerità: ma la sincerità non detrae del rispetto alle persone, nè della gratitudine per quella parte di bene che han fatto, e per quella a cui si sono col desiderio sollevati.

Uno scrittore milite, marchese artista, politico d'ingegno elegante, uomo di felice facilità in ogni cosa che opera e dice e patisce, affermava dianzi che il mondo d'oggidì comincia a essere governato non dalla fede cristiana ma dal principio cristiano. E ne reca in prova il non si essere nella guerra di Crimea dato patenti di corsari a infestare il mare con legittime ruberie. Io non so veramente se da legittime ruberie siano o sperino farsi in breve sicure le terre; e se quel nuovo pudore, certamente lodevole e fausto, non sia dovuto almeno in parte alla potenza diplomatica del commercio, al prevalere della bottega sul gabinetto, all'essersi fatta la stessa politica più e più trafficante. Non so se il principio cristiano, anco che vogliasi senza fede, abbia trionfato nella guerra di Crimea, la qual guerra non tolse i seguaci del Vangelo alla scimitarra e agli strazii che il Corano santifica; non so se trionfasse nella Grecia, impedita d'insorgere dalle armi cristiane; se trionfi in Polonia dove il rito orientale è predicato tuttavia a suon di busse, e lo knutte è l'aspersorio cruento del prete benedicente; se trionfi in America sotto il patibolo di Giovanni Brown, dove la libertà è macellaia e mercante di umana carne, e siede a banchetto tracannando sangue che il boia le mesce. Forse coteste eccezioni al principio cristiano vengono appunto dal mancare a esso fede vera: ma di questa non pare che possa farsi apostolo degno il Cardinale Antonelli.

6 Gennaio 1860.

3

I PATTI E I FATTI.

I.—Assunto.

Il non conoscere certi fatti, il trasandarne taluni, o il non li collegare insieme, il fondare sopra cotesto imperfetto e caduco edifizio troppo grandi speranze, apparecchia disinganni gravi; dai quali poi l'inscienza stessa o la negligenza de' fatti ci toglie poter dedurre utili insegnamenti per il tempo avvenire. Acciocchè dunque le recenti vicende ci fruttino, importa collegare tra loro certi fatti dispersi, accennare come meglio si può a certi altri o ignorati da molti o non voluti avvertire; i vuoti che lascia anco la storia coetanea, riempierli colle induzioni che porge l'esperienza, e la conoscenza sicura di certe particolarità quanto più minute o intime, tanto più rilevanti. La cronaca del giorno d'ieri ha anch'essa la sua critica come le indagini dell'antichità più remota: e il giudizio intero d'avvenimenti recentissimi, bisogna talvolta saperlo comporre al modo che si ricompongono i mastodonti. Questo studio d'archeologia contemporanea noi tenteremo qui, e non per vana curiosità.

Ragioneremo, senz'odii nè amori di parte, cose meno gravi a udire che a dire; ma ci asterremo da ogni acerba parola.

II.—Prime mosse nazionali.

Nell'agosto del 1856 lo scrivente ebbe contezza del concetto di Giuseppe La Masa, maturato da esso, a quant'egli dice, assai prima; del francare l'Italia con moti concordi di tutta la nazione, e nel fine e ne' mezzi avviarla a unità. Interrogato, per discarico di coscienza e non già ch'io dessi peso al mio voto, io sottoscrissi alla proposta, con le due condizioni espresse: che l'unità fosse il fine, che tutta la nazione concorrere ne' mezzi, con libere forze ma docili concorresse; che i governi e gli eserciti regolari, di queste forze non volessero diffidare, ma sapessero fortemente ordinarle. Altri soscrissero: uomini che si dicevano devoti al Piemonte, s'astennero come da soverchio ardimento. Uscì nel settembre la lettera di Daniele Manin, scritta in nome proprio di lui solo, che dava l'Italia al Piemonte, senz'altra condizione se non che il Piemonte facesse l'Italia. Cotesto parve a taluni imporre troppo poco, e troppo; perchè nazione non si fa nè da un re, nè da un ministro, nè da una parte d'essa nazione, per valida e sapiente e risoluta e omogenea che sia. Ma forse era semplice improprietà di linguaggio: la risoluzione del posporre il bene delle parti al bene del tutto, era di buon cittadino. Chi si trovava allora in Piemonte, e chi ne leggeva i giornali anche fuori, sa come parecchi, nell'atto stesso del trionfare di tal concezione quasi di confessione, se ne facessero beffe, serbandola però come un'arme, e pensando a trarne profitto per fini più angusti ancora, e con più larghi arbitrii di quelli che consentiva il Manin. Fu poi fondata la Società il cui assunto era l'indipendenza di tutta intera la Penisola sotto la dittatura di Vittorio Emanuele, senz'altra condizione nessuna in guarentigia de' popoli combattenti, ma in guarentigia del leale condottiere concedendo che, se non il tutto, facessesi di liberare il più possibile delle parti. Condizione che nella mente di Giorgio Pallavicini, l'egregio Presidente della società, era l'ultimo caso e più remoto, nella mente d'altri il più prossimo ed unico. Chi s'avvedeva della segreta discrepanza nell'apparente concordia, se amico schietto d'Italia e del Piemonte, ne prendeva mal augurio e dolore; se faccendiere o uso a ridere del pro e del contro, se ne faceva gioco. Taluni temevano che la Società, creata per indirizzare il governo, non fosse da certi interpreti del governo, o che per tali si spacciavano, troppo indirizzata essa stessa; che di stimolante che intendeva essere modestamente, non fosse da ultimo se non frenabile dagli stimolati; che parendo operare come d'autorità e quasi d'uffizio, non mettesse nei lontani fiducia pericolosa e troppo precipitose speranze, confondendosi la sua voce con la voce dello stesso governo; che di qui si destassero i sospetti non inerti e non mansueti degli avversi, i quali griderebbero sè provocati, e si armerebbero in tempo, e potrebbero intanto infierire sugli incautamente speranti, resi dalla speranza minacciosi in parole, e malaccorti a discernere l'altrui simulata paura e il proprio pericolo; finalmente, che l'impresa diretta ad effetto d'ispirazione non paresse una mezza cospirazione, e non ne apportasse gl'inconvenienti. Delle intenzioni pie e generose del Presidente e di non pochi Socii, sarebbe stato calunnia e crudeltà dubitare, e non gliene rendere onore. Ma il fatto si è che al rompere della guerra, il degno uomo credette inevitabile sciogliere la Società, non già che il fine, cioè l'indipendenza delle parti, non che l'unità, fosse allora ottenuto; ma perchè la condizione segreta e palese de' fatti, se non degli animi, a lui stesso appariva mutata. Lo scoramento dell'onest'uomo, e non tanto credulo quanto a certi goffamente furbi piaceva spacciarlo, era presagio; e di più settimane precorse ai fatti.

III.—Svolgersi del concetto.

Ma ed egli, e tutti i veramente avveduti, cioè gli onesti, non disperano però, e disperare non devono. Se la prova non è riuscita qual si voleva, è nondimeno in certi rispetti riuscita oltre alla speranza di taluni, oltre alla tema o agli angusti desiderii di tali altri. Intanto la forza delle cose ha voluto che delle braccia e delle volontà concorrenti da diverse parti della nazione dovesse fare suo pro anco chi sulle prime ne diffidava, e non avrebbe imaginato in altrui tanta fede, nè forse voluta. La prontezza bramosa colla quale migliaia d'Italiani, che pochi anni fa non se lo sarebbero nè anco sognato, affrontarono il dolore de' cari loro, i sospetti e le persecuzioni de' governi, la pena del confino o della carcere o della morte, per venire dopo i terrori di furtiva e lungamente tortuosa e dispendiosa fuga a affrontare gli splendidi pericoli della guerra; la docile pazienza con cui sostennero gl'inaspettati rifiuti, e gl'indugi fatti tormentosi dal desiderio e dall'inopia e dal pensiero dei cari lontani indarno abbandonati, e i disagi del quartiere più gravi che quelli del campo, e gl'imperii militari talvolta più duri che la disciplina non richiedesse; è fatto nuovo nella storia italiana, e, checchè possa accadere, fecondo. E quand'io parlo di rifiuti e d'indugi e d'imperii duri, non intendo incolpare tutti, anzi nessuno, quant'è all'animo e alle intenzioni. Dacchè gli abiti del vivere e quelli del temperamento non mutano a un tratto; e l'educazione civile mutua è cosa di secoli. Ma certo è che, a dispetto di tutti gl'impedimenti, gl'Italiani nati in paesi il cui nome a non pochi forse de' Piemontesi era ignoto finora, si strinsero ad essi come a fratelli, e al loro fianco combatterono degnamente. Col piemontese La Marmora e col savoiardo Mollard stettero i modenesi Cialdini, Cucchiari, Fanti; e il nizzardo Garibaldi, col nome suo a certi Italiani spaventoso forse più che ai nemici, attrasse a sè una schiera diversa di patrie, unanime di cuore, la quale, aiutata poteva ancora più efficacemente aiutare. E in Piemonte altri non Piemontesi tennero grado onorevole di milizia, e lo meritarono; e Piemontesi altrove ebbero quasi trionfale accoglienza. Quanto poi al concetto finale dell'unità, io non dirò che il pensiero di taluni tra quegli stessi che più ne parevano vaghi corrispondesse alle parole, o le parole quanto potevano ai fatti; ma dirò che dal cinquansei è grande anche in ciò l'intervallo; e non è colpa di tutti gl'Italiani se ad allargare le idee e le voglie di taluni è bisognato o giovato anco l'aspetto e l'invito d'uno straniero potente. E qui per ispiegare vicende le quali ai più paiono inesplicabili, forza è salire alquant'alto, toccando soltanto quel ch'è necessario a farsi capire o indovinare, ma alle persone e alle intenzioni osservando la debita o riverenza o pietà.

IV.—Guerra di Crimea.

Ognuno rammenta che uomini e Piemontesi e d'altre parti d'Italia, amici e questi e quelli all'onore di tutta Italia e in specialità del Piemonte, dalla guerra di Crimea dissentivano. Le ragioni a concorrervi erano timore de' potentati invitanti, se rifiutati; se obbediti, speranza. Potevasi opporre che la speranza d'ingrandimento, il quale avesse dalla guerra a venire, non era bene augurata, se nel timore del contrario leggevasi una confessione di debolezza; e che la forza vera del Piemonte dovevasi attingere dal seno della nazione stessa, non da aiuti di fuori. E questo tanto più, che la paura dei tristi effetti del rifiuto era vana; perchè nessun potentato d'Europa, nè anco il vicino più nemico di tutti, avrebbe permesso che con invasioni si fosse esercitata vendetta sopra il Piemonte, difeso dalla sua giacitura e dalle reciproche gelosie. E quanto al non sperare dai corrucciati soccorso al bisogno; ognun sa che siccome la gratitudine di per sè sola non è la ragione del porgere soccorsi politici, così nè anco l'ingratitudine altrui è ragione a negarli, quando il soccorrente sia mosso dalle utilità proprie e dai propri pericoli. Intendimento degli alleati d'allora nell'invitare il Piemonte non era tanto d'avere il sussidio de' suoi ventimila, del resto valenti, quanto d'attrarre Austria a sè con la minaccia d'un'amicizia che potrebbe tornarle molesta. I negoziati allora tenuti lo provano in modo assai chiaro: a chi non bastasse la conoscenza degli uomini e della storia, lo provano i fatti seguiti. Austria intese; e il gioco rivolto contro lei torse a proprio vantaggio, promettendosi alleata se le assicurassero quieto intanto il dominio in Italia, e dal Piemonte nessuna briga. Collegarsi per gratitudine a Russia non poteva, sì per timore d'una vendetta e in Italia e altrove, sì perchè, ripetiamolo, la gratitudine è una virtù privata, tutt'al più un consiglio evangelico ai Gabinetti. Nè l'innalzamento del Russo e la depressione del Turco potevano all'Austria parere desiderabili. Dall'altro lato prestare servigi d'accordo col Piemonte a Francia e a Inghilterra, foss'anco in pro di Turchia, non stimava comoda cosa; ma più spediente, risparmiando le forze proprie risparmiare anco la Russia, quasi una mezza alleata; occupando i Principati, renderle meno grave il peso della guerra; e stare intanto a vedere da qual parte penderà la vittoria. Accusarla di perfidia, nella condizione in cui l'avevano posta tutti i precedenti suoi atti, nella presente moralità della politica comune (la quale fa vieppiù risaltare le eccezioni generose, ma non le può convertire in legge per ora), è semplicità in cui non cadono gli uomini di Stato, nè anco quelli che del riservo dell'Austria hanno poco a lodarsi. Nessuno si pensa di chiedere l'impossibile; e i sagrifizi pericolosi senza guarentigia di compenso sono un impossibile agli uomini pratici.

V.—Cose desiderate da farsi tra il 49 e il 58.

Ma per ritornare al Piemonte, i vantaggi da quella alleanza sperati, non a tutti parevano tali che non se ne potessero attendere altri maggiori da chi sapesse aspettare, nel che consiste assai volte e la virtù e la prudenza degli uomini di governo. Io qui non intendo detrarre punto alle lodi d'un uomo d'ingegno arguto e di rara operosità; che nè questo è momento a riprensioni, nè io me ne sento autorità nè prurito; e le riprensioni, se giuste, dovrebbero rifarsi da taluni almeno di quelli che precedettero ad esso. Ma non devo tacere che parecchi e Piemontesi e sinceri amici al Piemonte desideravano che per il bene d'Italia si fosse qui, fin dal primo, proceduto altrimenti. Desideravano che nei più che dieci anni di costosa aspettazione; di troppo sicura incertezza, di non sufficiente apparecchio nè alla guerra nè alla pace, scemassero i dispendii sospetti dell'esercito, quanto al numero delle milizie, ma gli arnesi di guerra venissersi intanto accumulando; addestrassersi i militi cittadini sul serio; si raffermasse con la disciplina lo spirito militare congenito a questo popolo buono; s'imitassero in ciò le istituzioni di Prussia; che si provvedesse alla marineria, tanto negletta fin dopo intimata la guerra; non si sdegnasse in ciò l'opera degli esuli Veneti, nè il sussidio dato loro paresse gratuita carità; con simile intendimento ascrivessersi almeno i più reputati fra i militi d'altre parti d'Italia, non aspettando di farlo agli estremi, con risico di non ottima scelta; prima che alla magnificenza de' porti, si desse cura al modo di degnamente, se non riempierli, munirli, e con essi le coste, acciocchè un altro Stato italiano, provocato provocante (e fu provocato abbastanza) non potesse con le ben guarnite sue navi impunemente assalire, e non si dovesse anche in questo riporre tutta intera la speranza nel sussidio, non sempre sicuro e pronto, non mai affatto gratuito, degli stranieri invocati. Desideravano che, scemate le spese di guerra in tempo di pace, se non scemare, non crescesse almeno il debito pubblico, che è debito di ciascun cittadino, e ne pagano il pro più caro quelli a cui meno fa pro, quelli che meno possono; che le imposte non si aggravassero specialmente sulle arti minute e sul commercio minuto; che i possidenti pagassero il giusto, e a tal fine il catasto fosse prontamente iniziato, e intanto una più equa distribuzione suppletoria attenuasse i danni dello Stato, e alleggerisse i pesi del popolo; che alla sorte de' villici si cominciasse a provvedere, buona parte dei quali in Piemonte sono in condizione più dura che in altri paesi non aventi Statuto; che alla prosperità dell'industria s'aiutasse non solo con mostre di pompa che non creano, e con premii che non ispirano, ma promovendo la diffusione delle utili novità, e principalmente curando che nelle Società degli Artieri l'amore della libertà e quel dell'ordine, la religione e la istruzione concorressero al fine medesimo, non fossero commessi a battaglia dissolutrice d'ogni vincolo umano; che al commercio fosse dato braccio, in ispecie al marittimo, il qual darebbe alle coste non pericolosa importanza, e, insieme coll'agricoltura e colle arti, vita nuova all'isola di Sardegna la qual si sospetta disamata e spregiata; che nel lusso delle strade ferrate, non tanto utile al vivere materiale quanto forse dannoso al civile e morale delle Provincie, troppo da meno di poche città dominanti, non si trasandassero, e in Sardegna e altrove le strade interne, che son come le vene del gran corpo, necessarie insino alle ultime sue estremità. Desideravano sopra molte altre cose data al Municipio l'importanza dovuta, senza la costituzione del quale non solamente gli Statuti non valgono, ma possono farsi fomite di corruzione e strumento di tanto più cattiva schiavitù quanto più palliata; che delle deliberazioni municipali e delle provinciali facessesi grado a quelle del parlamento; che il parlamento fosse da' governanti rispettato non solo co' modi urbani del dire e del sedere, ma principalmente col lasciarne la concezione vergine d'ogni macchia, le elezioni pure d'ogni sospetto, non dico di subornazioni ma nè anco di suggestioni indirette, di promesse di cose lecite, di lusinghe insolitamente benigne. Desideravano che i lavori del parlamento fossero meno travagliosi per lunghezza e verbosità, e insieme più fruttuosi per leggi non disputate senza concludere, non fatte per poi disfare e rifare, leggi che l'ordine civile col nuov'ordine politico conciliassero; che le penali fossero così ritemprate da non far parere necessario il lusso de' patiboli, lusso il qual non corregge i costumi, ma li fa atroci laddove non sono; che provvedessesi alla sanità e moralità delle carceri, fogne di tutta sorte contagi; che nei processi di stampa le sentenze de' giudici alla coscienza pubblica vera, non allo schiamazzo di pochi giornali, nè al cenno de' governanti, neppur sospettato, ubbidissero; che non solamente la calunnia ma lo scherno, specialmente se vòlto contro interi ordini di persone, fosse esemplarmente punito, perchè stupra la libertà e nel cospetto de' nemici la infama; che a frenare la licenza non fosse bisogno d'imperii venuti di fuori; e che della necessità di servire a tali imperii si approfittasse per frenare a un tratto ogni maniera di licenza, e non permettere che, dall'un lato repressa, dall'altro essa si scagli a insolentire più che mai sopra i deboli, e le credenze del popolo senza nè civiltà nè pudore conculchi. Desideravano che l'istruzione educatrice si promovesse non per moltiplicazione di scuolette impotenti o tentatrici e di maestrucoli arrogantelli o scandalosi, e d'ispezioni sopra ispezioni, d'esami sopra esami, di testi sopra testi, di norme e di guarentigie sopra norme e guarentigie, le quali mai non giungono a regolare e ad assicurare sè stesse; ma per fondazione di buone scuole a formare maestri, per scelta pronta e rispettosa di direttori e precettori autorevoli, senza prova oltraggiosa di concorsi e inutile di attestazioni; che coi riguardi debiti non alle fazioni ma alla pubblica moralità, non ai gazzettieri, ma ai padri di famiglia s'aprisse libero l'adito all'insegnamento privato; che il letargo delle università per il paragone si scotesse; che dell'illustre Accademia delle Scienze si facesse un consiglio di civiltà, un modello delle Accademie rinnovellate, si accettassero o chiamassersi gli uomini insigni di tutta la nazione, che sarebbero accorsi riconoscenti; e si levasse un vessillo men minaccioso del bellico, e più unificatore davvero, e più trionfale. Desideravano che la prima mossa civile dopo le calamità militari non paresse un voler, non potendo con Vienna, attaccare la guerra con Roma; che alle necessarie franchigie della potestà secolare prendessersi gli auspizi dell'esempio di Francia e di Toscana e di Napoli, ma senza piglio inimichevole nè in forma di sfida, giacchè con una potestà che resistendo immobile, stanca, e vince aspettando, le impazienze non valgono; che dei vescovi, non ancora provocati, scegliessersi i meglio disposti, e la loro autorità si opponesse ai restii; che tra' preti si rivolgesse l'occhio a que' tanti i quali alle mutate cose s'erano dimostrati propensi, nè tutti si lasciassero da goffe impertinenze o inasprire o condannare al silenzio; che inutilmente non s'aizzassero i frati, con la minaccia alienando da sè anco i non tocchi, e facendo gridare all'usurpazione intanto che lo Stato e il popolo sopportavano dalla confiscazione improvida pesi più gravi, come se fosse gloria e lucro e trastullo il crearsi a bella posta, e a proprie spese quasi assoldarsi, nemici. Desideravano che le divisioni, per le quali il vecchio Piemonte non è ancora ben fuso in sè e però invalido a fondere nuovi paesi che non siano provincie, divisioni ad ora ad ora prorompenti in discordia, fossero per savie elezioni di magistrati e per avvedimenti morali meglio che politici mano mano composte; che tra gli esuli facessesi tale discernimento, da non eccedere nè in predilezioni e indulgenze malcaute, nè in diffidenze ingiuriose, nè in severità precipitose o tarde, le quali paressero atti d'arbitrio o di ubbidienza soverchia a cenni stranieri. Desideravano che alle relazioni cogli esteri Stati fosse tenuto dietro con veduta più ampia; che si sbrattassero Consoli inetti o ignobili o ligi a potentati non amici; che massime nel Levante, dove la lingua d'Italia è tuttavia la più nota, ma quella di Francia tra poco soverchierà, la bandiera Piemontese si facesse proteggitrice di tutti gl'Italiani, anzi de' Cristiani, indarno invocata. Desideravano che gli altri potentati d'Italia non fossero fuor di tempo irritati, nè da minacciose promesse tenuti all'erta, ma, cominciando dai meno avversi, procurassesi di ottenere da essi, ogni agevolezza possibile e a sè e ai loro sudditi; non si permettesse ai giornali insolentirgli contro, non si attendesse per questo il precetto di Francia; non si facesse nelle animosità distinzione ingenerosa tra i forti e i deboli; i più ostinati tra questi mettessersi dalla parte del torto coll'abbondare in riguardi, che mai non potevano parere paura; che con gli esempi del meglio tranquillamente continuati, questa parte d'Italia si facesse rimprovero a chi non la voleva modello. Desideravano (cosa per vero difficile a condurre, ma non impossibile politicamente, in dieci anni di tempo), che deposte le diffidenze proprie e dileguate a poco a poco le altrui, ritentassesi quello che si era fiaccamente voluto nel 48 o fatto le viste di volere, dico la colleganza, non di servigi dall'un lato e d'imperii dall'altro, ma di mutui sicuri vantaggi tra i due grandi Stati Italiani i quali soli potevano rendere vita di nazione all'Italia; che quel vincolo maritale il qual poi stretto a questo fine con una famiglia che i suoi doveri fanno essere necessariamente straniera, per quanto le sue affezioni vogliasi credere che la rendano amica e devota, quel vincolo si stringesse a viemmeglio preparare l'interna unità.

VI.—Congresso a Parigi.

Io non dico che tutte queste fossero cose operabili: dico anzi che da un solo uomo operabili non erano nè tutte nè la minima parte di quelle; che le più importanti operare non poteva il Piemonte tutto intero qual è. Io non approvo e non biasimo; espongo, e rammento. E la memoria mi dice che i benefizi sperati dalla guerra di Crimea, la qual guerra poteva portare seco pericoli estremi ai deboli se continuata e dilatata, non vennero appunto di lì. Se il Piemonte ebbe quindi opportunità di sedere a un congresso coi maggiori potentati d'Europa, ognun sa che le cose seguite nel corrente, anno con quella adunanza non hanno vincolo necessario, poichè i nemici d'allora dovevano poi sperarsi proteggitori, e un alleato e proteggitore d'allora sospettarsi avverso. In quel congresso fu parlato, sì, dell'Italia; ma come? non del farla libera da quella forza che sola mantiene le dominazioni minori moleste; non per accennare, nè anco in ombra, ai dolori o alle speranze de' Veneti e de' Lombardi; non per proporre i veri rimedi all'abuso della potestà temporale del Papa, contro il quale pareva esser vòlto tutto il coraggio dello zelo, quasi contro il solo accusabile: ma lui solo prendevasi in mira, non tanto quasi come una specie di mito politico, quanto come il più debole, e da potersi assalire con più sicura speranza di raccorre i suffragi de' seguaci di Lutero e di Arrigo VIII, di Fozio e di Maometto. Alla proposta che ne porgeva il Piemonte, diresti che sole le Legazioni patissero del governo de' preti, che sole meritassero reggimento migliore, sole fossero mature a questo. E i rimedi suggeriti alle piaghe di quel membro, indiviso dall'intero corpo piagato, erano pure insufficienti, e portavano seco nuovi dolori e pericoli. Il pericolo più grave era quel paragone ingiurioso e odioso tra le une e le altre provincie, quel fare alle une sperare ciò che alle altre negavasi con tanto più dura noncuranza che pareva meditata e accompagnata di ragioni o di scuse. Eccitando negli uni fiducia importunamente superba, negli altri invidia dispettosa e disperata; e per più squisitezza di spregio, consigliando ai preti regnanti l'accorgimento di commisurare al numero dei sudditi da tener sotto, il numero degli armati Italiani e stranieri che bastassero al tristo uffizio; venivansi a suscitare discordie nuove in paese dalle discordie ingangrenito; e così preparavasi la civile e la morale unità.

Cotesta vecchia ricetta, razzolata tra' fogli del conte Aldini, uomo imperiale, che, come Bolognese, badava a San Petronio e alle aggiacenze, e che scriveva al principe di Metternich, come protomedico della Corte e della Penisola; cotesta ricetta, ognun vede non essere invenzione colpevole del valente uomo che a Parigi nel 56 la mise innanzi modestamente, per condiscendere al desiderio d'alcuni tra suoi amici, i quali dalla guerra di Crimea non speravano migliore frutto; nè a quanto pare da ciò lo sperava egli stesso. Onesta e pia cosa è discernere l'angustia de' concetti dalla malignità degli intendimenti. Nè intendimento maligno è da imputare, non dico all'arguto ministro che nel congresso di Parigi portava in mezzo quell'unico tema, ma nè anco a coloro che facevano lui troppo modesto canale di voglie nell'apparente boria modeste. Senonchè bisogna pure soggiungere che meno angusto concetto che quello di cui la facondia del conte di Cavour si faceva levatrice nel 1856, era il concetto di Pellegrino Rossi nel 1832, quale apparisce da una sua lettera al signor Guizot opportunamente ristampata dal signor Eugenio Rendu nel recente suo libro intorno alle Relazioni tra le Corti d'Austria e di Francia e di Roma; libro che chiaramente dimostra quanto dalla protezione austriaca e la Corte e la Sede di Roma abbia patito e sia in più pericolo di patire. Vero è che il Rendu mescolando un po' le memorie con le speranze, ci dona l'occupazione francese, qual è stata dal 49 infino a' dì nostri, come restitutrice della dignità del Papato. Ma la sua argomentazione speriamo che, se non storia, sia vaticinio; e, giacchè le cose sono a tal punto da chiedere imperiosamente agli stessi imperanti risoluzione seria, aspettiamo. Fatto è che il Rossi, più d'un quarto di secolo fa, proponeva che non solo le Legazioni, ma insieme le Marche formassero uno Stato da sè, titolarmente soggetto al Pontefice, e debitore a lui d'un annuo tributo, assicuratogli da Austria insieme e da Francia. Il Papa così diventava protettore davvero de' sudditi suoi Italiani dalle esterne e interne violenze, e non protetto per forza d'armi esterne contro le esterne insidie e contro gli odii intestini. E non che scemare, gli cresceva sovranità; dico quella sovranità vera e degna di persona spirituale, che secondo le originarie condizioni, gli fu conceduta sulle provincie conservanti il diritto di governarsi di propria autorità.

Più largo ancora che quello del Rossi, era un concetto più antico, cioè del 1822, ed era più pio al Pontefice, ancorchè dettato da Gian Pietro Vieusseux protestante. Lo dettava egli alle istanze reiterate del conte di Bombelles, uomo probo, allora ambasciatore austriaco in Toscana, marito a una figliuola di madama di Brun, conosciuta da esso Vieusseux in Copenaghen, amica al Sismondi, e riverente al nome italiano. Proponeva il Vieusseux fin d'allora una Confederazione di Principi Italiani, una Lega doganale, e quanta conformità d'istituzioni veramente civili potessero permettere quei miseri tempi. Della quale proposta giova, come di documento storico, tenere di conto, e all'affetto dell'uomo benemerito renderne onore. E importa notare, che tra le cose prudenti allora e opportune a dirsi, non più accomodabili a questo tempo, ce n'è parecchie, e le più rilevanti, alle quali dovrebbero porre mente i fondatori d'una Confederazione Italiana sul serio; che, determinando questo concetto ancora incerto nella mente e de' governanti e de' popoli, ne persuaderebbero la possibilità, ne farebbero più agevole l'attuazione, e più sicura anco ai più diffidenti.

VIII.—Jattanze e speranze.

Ma ritorniamo all'animoso ministro dal quale l'ordine delle idee ci portò alquanto lontano. Rivenuto di Parigi al suo parlamento dovevasi certamente aspettare che, col ritegno voluto dalla prudenza, egli toccasse delle cose trattate in Parigi, cioè della proposta sua rispetto al migliore governo da dare a una parte degli Stati Papali. Nel che non poteva, almeno in massima, non convenire, e l'Imperatore, la cui lettera a Edgardo Ney rimaneva da più anni quasi fatta ludibrio alla Corte di Roma; e l'Inghilterra, che aveva nella vittoria di Crimea messa in luce piuttosto la sua debolezza che la sua forza, e a cui doveva gradire che opportunità le si offrisse di far prova altrove in qualche maniera della propria potenza. Veramente dovevano e l'Inghilterra e la Francia rammentarsi altresì le accoglienze non rispettose da Napoli fatte alle loro ingiunzioni, le quali avevano per ragione il disordine che quel governo fomentava in Italia, e quindi in Europa: al che Napoli colla sua inerzia sprezzante pareva rispondere, che altre cagioni di disordine numera l'Italia e l'Europa; e che, tolte via queste, provvederebbe anch'esso a fare il possibile dal suo canto. Ma le parole del ministro in parlamento parvero avere significato più ampio che le sue proposte in Parigi; e in quasi tutti subitamente infusero speranze grandi. Dicevano, maravigliati dell'inaspettata fiducia: non è possibile che parole tali non siano quasi il saggio d'altre parole segrete ancora più minacciose ai nemici nostri, non siano precorritrici di fatti prossimi, memorandi. Quindi le congratulazioni e i ringraziamenti affrettarsi; e l'esultazione parere tanto più ragionevole, che rammentavasi, l'oratore in altri tempi più disposti a guerra, essersi dimostrato ben cauto. Ma coloro che questa memoria e la conoscenza degli uomini rendeva cauti, non però diffidenti, aspettavano che prima ancora de' fatti, altre parole venissero a rischiarare e temperare le prime. Vennero nel Senato, dove il prudente dicitore avvertì, non essersi bene inteso il significato del suo primo discorso, fervente di pii desiderii, ma non istigatore di pericolose speranze. Certo è che le cose accadute nel 59 non erano nè pattuite nel cinquansei nè previste. Che a maturarle (come taluni sognano, calunniando i popoli più che i principi) servisse un misfatto, che quella paura ispirasse generosità; il crederlo sarebbe quasi un farsi complice del misfatto: nè su tali stoltezze può l'uomo onesto pur fermare il pensiero. Vero è che di lì venne occasione a una legge, la quale, se le precedenti non bastavano, doveva essere portata assai prima, acciò non paresse riparazione tarda, e quasi confessione di reità nè commessa nè imaginata. E quelle leggi che provvedono al rispetto delle persone e dell'onore sì de' principi e sì de' privati cittadini, dovevano alcuna volta essere con severità più

12

coraggiosa eseguite. Ma cotesta negligenza piuttosto che agli uomini del governo è da imputare alla timidità de' cittadini stessi, o alla loro inopportuna generosità.

IX.—Patti segreti.

Se i fatti storici, per disgregati che paiano, non possono in tutto tenersi divisi così che non abbiano tra sè relazione veruna; non si deve però nè anco la loro apparente successione, o il materiale concorso di certe circostanze, prendere come vincolo di causa ed effetto. La critica storica in questo rispetto dev'essere governata dal criterio morale; e specialmente ne' fatti recenti deve l'uomo tenersi in guardia contro i pregiudizi delle passioni, e contro le sentenze de' politicanti volgari, e anche contro le testimonianze di taluni fra gli uomini che hanno presa qualche parte alle cose. Chi dicesse che alla alleanza di Francia col Piemonte nel 59 la guerra di Crimea fosse necessario apparecchio, si mostrerebbe nuovo delle cagioni che consigliano le alleanze. Ma chi non volesse immaginare alcun negoziato, alcun patto precedente alle cose seguite nel corrente anno, col fare un vuoto nella serie de' tempi, non provvederebbe alla verità meglio di coloro che il vuoto riempiono con negoziati e con patti da sè immaginati. Quest'è la parte inscrutabile della storia: nè a dileguare tutte le finzioni mitologiche le quali confondonsi all'esperienza degli uomini quotidiana basterà, cred'io, la luce che suole in tali oscurità venire portando il corso degli anni. Quel che fu detto e taciuto, inteso e sottinteso e frainteso a Plombières; quello che fu poi sopraggiunto o detratto o mutato espressamente o no dalle parti, a Parigi e a Torino, a Milano e a Firenze, e altrove; per quali gradi si passasse dalle prime prudenti promesse di pace scritte per rassicurare l'Europa, al proclama dato in Milano, e dalle nozze di Clotilde di Savoia alla pace di Villafranca; non lo sapranno ben dichiarare nè tutte insieme raccolte le lettere de' giornali più minutamente informati, nè tutti i più autentici documenti diplomatici che, a cose finite, usciranno alla luce; nè le memorie che della vita propria potranno scrivere coloro stessi che parteciparono ai patti, che fecero e che disfecero; nè le stesse loro narrazioni privatissime confidate agli orecchi de' più intimi amici. Perchè ciascheduno de' partecipanti non sa che una porzione de' fatti, quella dov'egli operò di persona, o di cui fu testimone; ma quanto accadde in sua assenza, quanto fu o espresso o lasciato intendere o disdetto o impedito, insciente lui, tutto cotesto può essere che taluno de' principalmente benemeriti lo ignori e lo giudichi malamente fors'anche più dell'ultimo dei suoi segretari. Nelle stesse parole inenarrabili, che posson essere corse tra due uomini soli, chi dice a noi che e l'uno e l'altro le abbiano prese nel medesimo senso, e nel medesimo le abbiano ritenute; e che i nuovi casi via via succedentisi non ne abbiano quasi insensibilmente mutata nell'animo loro l'intelligenza con tanto più risico di reciproci sbagli, quanto più i due uomini erano sinceramente unanimi, ed espertamente avveduti, e cautamente animosi? Chi dice a noi che in faccende tanto gravi, dalle quali pendeva il destino di milioni e milioni d'uomini, e l'onore de' negoziatori (dico l'onore nel senso comune della parola, e anco in quell'altro che concerne l'esito fortunato), parlando ciascun di loro seco medesimo, si sia trovato dal principio alla fine sempre costante a sè stesso; e che nella medesima parlata che nell'intimo suo faceva in un punto medesimo, si sia bene inteso, e francamente svelato a sè il suo volere? Disperati pertanto, come noi siamo, di conoscere la verità segreta de' patti, attenghiamoci a quel che d'essi apparisce manifesto in digrosso, e materialmente palpabile; facciamo come gli anatomici che sotto il coltello scrutatore ben sanno di non poter rincontrare la vita, ma, come possono, studiano nondimeno la vita.

X.—Apparecchi e auspizii della guerra.

Se in troppe cose doveva il Piemonte pendere dal cenno del suo potente alleato, e prenderne le parole e i silenzi per norma; in una cosa gli era utile e bello imitarlo, nella parsimonia delle minacce e de' vanti, sì perchè questa è indizio di forza e augurio fortunato, sì perchè non paresse che il più debole fosse quasi condannato alle parti di provocatore, e avesse sembianza di semplice strumento alle altrui volontà. Rammentiamo con quanto riserbo e il Governo di Francia, e gli stessi giornali francesi, parlassero dell'Austria innanzi la guerra; e questo, se non ci spiega, c'insegnerà molte cose. Ma continui clamori, non ismentiti, e non rattenuti come ognun sa che potevasi in questa libertà della stampa, sfidavano il nemico, e lo annunziavano disfatto già. Poniamo che esso non se ne lasciasse aizzare, che si tenesse armato sull'orlo dell'opposta riva, aspettando a tutte le ore; e che d'altra parte l'esercito di Francia si tenesse alle opposte falde dell'Alpi, secondo la parola Imperiale la qual non prometteva soccorso se non quando il Piemonte fosse dalle armi austriache occupato. Cotesto stato d'inerzia violenta, di guerra senza guerra, di minaccia senza sfogo, cotesto sfoggio rovinosissimo di potenza impotente, diventava ai freddi e ai crudeli spettacolo di ludibrio; ma agli Italiani aspettanti tra speranza convulsa e terrore dell'oppressore irritato, si faceva incomportabile, inaudita agonia. Se l'Imperatore austriaco, quasi impietosito, volle colla sua uscita imprevista e incredibile trarre d'impaccio la parte avversa; non so chi ne possa andare superbo. So bene che taluni invocavano le armi austriache di qua dal fiume acciocchè tirassero le armi francesi di qua dal monte; ma io confesso che le esperienze fatte sul corpo delle nazioni con tali calamite non mi paiono un miracolo d'arte e di scienza. La tardità e inettitudine de' condottieri nemici, le piogge del cielo e le acque della terra, la provvida celerità del soccorso straniero, potettero attenuare i danni, ma non impedire la troppo presentita possibilità che Torino per qualche giorno vedesse nelle sue vie la bandiera gialla e nera; non impedire la mal dimenticabile calamità, che provincie fiorenti fossero da quell'aspetto contristate, insanguinate fuor di battaglia, insultate con ladre angherie. Pagò caro; nè fu solo il braccio della Francia a respingerlo di là da uno e da altro e da altro fiume, d'una in altra e trincera e città; nè l'esercito Piemontese fu alla memorabile impresa un inutile soprappiù. Combattettero allato ai soldati di Crimea e d'Affrica, e noti inugualmente, soldati d'Italia; e tra questi, alla pari coi meglio esercitati, i novelli; e ciascuna regione della Penisola portò il suo tributo. Gran danno che, siccome i due Principi Capitani, siccome le due nazioni sorelle, così non potessero sempre e in tutto consentire intimamente i due eserciti ne' loro comandanti inferiori; e ciò non per colpa d'alcuno in ispecie, ma perchè la novità del fatto, e la diversità de' modi e de' temperamenti, più che quella degli umori e degli animi, nocque un po'. Nè maraviglia se questo tra Piemontesi e Francesi accadesse, quando taluni de' militi stessi d'altre parti d'Italia ebbero a sentire alquanto fredde le accoglienze de' loro fratelli, non si ricordando delle tante cause che per secoli li tennero divisi da essi. Non è però meno da desiderare che questo non fosse; non è men da dolersi che delle feste cordialmente clamorose fatte ai Francesi venuti alla guerra nessuno evviva rimanesse per il ritorno di loro vittoriosi, nessuna ghirlanda. Io so bene che la gratitudine era ne' cuori, e che il dolore del disinganno è scusa più che sufficiente negli occhi de' Francesi stessi; ma il meglio era governarsi per modo da rendere o meno inuguale l'espressione della gratitudine, o piuttosto impossibile il disinganno.

XI.—Rotta e interruzione.

Fatto è che l'Imperatore de' Francesi potè scrivere d'avere francato e il Piemonte e la Lombardia; potè questa e quello chiamare debitori alla Francia; potè quindi prescrivere al suo benefizio il limite della propria volontà. Gli appassionati hanno un bel dire che la pace di Villafranca è una ristampa del trattato di Campoformio con giunte e con varianti: l'arbitro delle nostre sorti, o chi parla per lui, può rispondere, che la guerra nel suo concetto non era che un episodio e quasi una parentesi della pace; che l'altra guerra di Crimea è similmente finita, lasciando le cose a mezzo, il vinto non più debole di prima, l'alleato da soccorrere non punto più forte; che se là una fortezza fu smantellata, e qui risparmiatene quattro, qui s'è in compenso ricevuta con una mano, e donata con l'altra, una delle più beate provincie del mondo; che la parola rimettere, comunque s'intenda nel francese e nelle altre lingue d'Europa, non muta la natura de' fatti; e che la storia dirà a chi quella provincia sia data, da chi conquistata, e con quale frutto. Noi che non sappiamo nè gl'intendimenti segreti di questa guerra, nè le promesse che a lei precedettero, e non abbiamo altri documenti che le parole d'un proclama, e le promesse, non sempre uguali e non tutte chiare, divulgate in nome del Piemonte, ma nè dal suo Re nè dal suo Parlamento asserite; noi possiamo, se questo ci giova, gridare barbaro col Metastasio il nostro destino; il meglio è tacere, e apprendere come si vive. Chi invoca l'altrui soccorso, per gaie che gli si facciano le condizioni, egli primo fa a se medesimo una condizione dura, che la generosità altrui può fino a un certo segno alleviare, mutare del tutto non può. Chi ha troppo sperato, ha già tolto a sè stesso il diritto di muovere doglianza se le speranze sue tutte non sono adempiute. Chi ha sperato in altrui, per forte che sia, non è più in tempo a far prova di quel coraggio disperato che da ultimo vince. Ricorrono adesso al Piemonte altri popoli speranti in lui, ma in lui solo; e il Piemonte dalla sua stessa vittoria è messo in tale stretta da non poter nè accettare di pieno arbitrio, nè rifiutare, nè lasciare, nè prendere; apparisce avido insieme e timido, e non è nè questo nè quello. E non per avidità nè per timidità, ma per altre cagioni che sarebbe difficile dire chiaro, il suo potente alleato non può permettergli ch'e' muova un passo senza prendere norma da quel che conviene alla Francia. Nec tecum possum vivere, nec sine te.

Senonchè legge provvida della natura si è, che in ciascun'anima umana, e così in ciascuna società d'anime, sia una certa quantità, siccome d'ogni altro bene, anco di buona fede. Felici gli uomini e i governi e i popoli che sanno ben collocarla, e la spendono in cose e in persone oneste, presso cui sole essa può rendere frutto. Ma la buona fede anco nelle cose e nelle persone oneste ha i suoi limiti: e limite consiste nel volere non tutto quel ch'è possibile, il che darebbe troppi diritti alle speranze dei deboli, li renderebbe perpetui creditori e importuni tiranni dei forti; ma volere l'utile, dico l'utile di coloro dai quali aspettasi un qualche servigio. E quand'anco il servigio paia espressamente promesso, bisogna por mente alle parole che esprimono la promessa, e non dare a quelle un tropp'ampio significato. Io non dico che le parole annunzianti l'Italia libera fino all'Adriatico dovessersi intendere archeologicamente, cioè de' limiti fin dove il mare arrivava in antico, che sarebbe la città d'Adria, e in tempi più remoti ancora più su; ma dico che il nome di libertà si può intendere in molte e diverse maniere, e che ai deboli non è lecito dargli l'interpretazione più comoda a loro. Certo è che vedendo intatto dalla guerra l'Adriatico, e del grande apparato marittimo non si fare dinnanzi a Venezia quell'uso che gli Austriaci più d'ogni sforzo terrestre dovevano paventare; raccogliendo le confessioni e le affermazioni non tanto private che non diventassero pubbliche, le quali porgevano ai Veneti tutt'altro che speranze; leggendo nella Gazzetta di Venezia il dì seguente alla battaglia di Solferino un annunzio stampato già in altri giornali nel quale vaticinavasi l'armistizio e le cose che poi sono fedelmente seguite; e rammentando il celebre motto che l'Impero è la pace; se ne viene a dedurre che la promessa dell'Italia libera è stata interpretata in modo non conforme alla critica diplomatica, e che lo sbaglio è da apporsi ai chiosatori imperiti. Il tutto si spiega supponendo che l'Imperatore dei Francesi abbia con troppa buona fede sperato che Austria e libertà italiana si possano conciliare. Non già ch'egli potesse essere tanto credulo da sperare un Governo Italiano di libertà civile entro a un Governo estero militare, nè le franchigie politiche de' popoli consociate amicamente al franco esercizio d'una polizia non assai popolare. Ma l'Imperatore si figurò che, siccom'egli in Villafranca mutava disposizioni verso l'Austria vinta, o almeno disperata di vittoria, così l'Austria muterebbe a un tratto disposizioni verso i Veneti, se non liberati secondo il senso volgare della parola, almeno raccomandati dal suo vincitore.

L'esempio de' Principati di lungo il Danubio gli era forse ragione a fidarsi, dove l'Austria smesse da ultimo, tuttochè di mala voglia, le sue renitenze men cristiane che turche; e dove con una specie di scherzevole arguzia, vennesi a conseguire una specie d'unità. Vero è che, pensando alla tanta mole di guerra, a tanta parte d'Europa insorgente per la Turchia e per la civiltà contro Niccolò delle Russie il qual diceva combattere per la croce; pensando al tanto sangue versato, alle ruine fatte e alle eccitate speranze, i benefizi da dedurne a Moldavia e a Valacchia potevansi aspettare maggiori: vero è che l'unità della persona del Principe non è l'unità del principio nè dello Stato; che all'occorrenza d'una novella elezione ritornano in campo le dubbietà e le discordie; e che tocca ai Rumeni piuttosto iniziare che compire l'impresa. Ma ad ogni modo la condizione di que' Principati è meno incerta con accanto il Gran Turco, che non sia quella del Veneto e dell'Italia con l'Austria soprale; e nel Veneto, quanto più augusti erano anco diplomaticamente i diritti, tanto più minacciosi si fanno, dopo la guerra liberatrice, i pericoli di servitù. Men difficile imporre a Turchia leggi d'equità verso popoli mezzo francati, e per buone ragioni sorretti dalla Russia vicina, che imporre all'Austria, accovacciata in un nido d'Italia, patti di lega fraterna co' Principi Italiani e co' popoli; trovar modo di conciliare i Principi tra loro e co' popoli; sancire istituzioni tutte nuove, e donar loro in un dì la fermezza d'inviolate consuetudini antiche. Questo credette l'Imperatore de' Francesi fattibile nel suo buon volere, di cui diede saggi guerreggiando, e nella sua grande potenza della quale è prova arditissima la pace stessa.

XII.—Congresso e guerra.

Di qui non è da concludere che la pace sia per essere universale e perpetua; giacchè se dall'un lato in Francia una parte degli armati rimandasi, dall'altro apparecchiansi nuovi armamenti; e la nuova parola inventata al nuovo bisogno, dico la demobilizzazione, va anch'essa interpretata con le cautele debite; giacchè la diffidenza stessa talvolta è una specie di credulità.

Altra specie di credulità, di semplicità, se posso così dire, doppia, è il figurarsi di taluni, che un congresso europeo possa pacificamente ordinare ogni cosa, e il figurarsi di tali altri che dalle pacifiche dispute in congresso debba pullulare la guerra, e poi la libertà dalla guerra. Certo è che o posino le armi o s'insanguinino, le sorti dell'Italia infelice sono tali da non si poter decidere senza gli arbitrii della forza straniera; e che le parole pacifiche, i consigli amici, sono anch'essi nel caso nostro una maniera d'esercitare la forza. L'Imperatore de' Francesi, provandosi di fondare una Confederazione Italiana, assume non tanto il sospettato diritto quanto il debito tedioso e rischioso di sempre intervenire nelle cose d'Italia per sospingere questi, per rattenere quelli, per rammentare agli uni ch'egli hanno troppa memoria o troppo ingegno, agli altri che poco. E, non potend'egli, nè volendo, essere solo a compire gli uffizi di pedagogo de' Principi e di arcipresidente della Lega; ne segue che tutti i Gabinetti d'Europa troveranno la via d'immischiarsi nelle faccende dell'Italia liberata, come parecchi s'immischiano nella creazione de' Papi. Già fin dal 1847 fu detto, e dianzi da molte parti ripetuto, non si poter ritoccare i trattati senza il consentimento di tutta l'Europa; con che, senza forse avvedersene, vengono a riconfermare, come santi, i diritti dell'alleanza del quindici, anzi a spacciarli per diritti imprescrittibili e naturali. Consentimento di tutta Europa, qui suona un foglio sottoscritto da cinque o sei Principi, dopo un più o men lungo e amicabile disputare d'alcuni pochi inviati di Principi, dopo un negoziare della cui generosità non si disputa; senza che in questa Europa scrivente abbiano parte i parecchi milioni dell'Europa pensante e paziente, senza che questi sappiano delle ragioni espresse disputando, nè delle omesse, nè delle sottintese (e son quelle che tagliano il nodo); non sappiano nè anco del destino che loro si viene facendo, se non a cosa fatta. Questo significa il consentimento d'Europa. Entrano nel congresso certamente per intercedere a favore de' deboli, ma non però con sì rovinosa magnanimità che i forti abbiansi a ridurre nella condizione di deboli; giacchè allora farebbero di bisogno nuovi congressi per favorire coteste nuovamente create debolezze, sempre rispettabili, perchè debolezze, fosser anco di Principi.

XIII.—Inghilterra.

Io non dubito punto di quelle che, nel linguaggio della diplomazia e degli affetti teneri, chiamansi simpatie del mondo incivilito a pro dell'Italia; e non oserei da questo mondo escludere l'Inghilterra, ancorchè nel 1848 ella non ci abbia altro mandato che Lord Minto per saggio delle sue simpatie. Ma stimerei irriverenza all'amor patrio degli Inglesi il pensare che nel presente zelo che mostrano in pro dell'Italia sia in tutto dimenticata la cura degli utili loro; e che ad essi non paia bello il poter gareggiare d'italianità coll'Imperator de' Francesi, e fare le viste di voler superarlo. In troppe altre cose, e più arrischiate di questa, si viene manifestando la gara. E io confesso che, avendo l'Imperatore infino al giugno del corrente anno assai più avventurato per l'Italia che non abbia Inghilterra, non posso vedere senza rammarico e senza umiliazione, ch'altri intenda attribuire a sè quasi postume benemerenze, e paia aver compassione di noi per fare dispetto a chi dimostrò averla prima. Io non posso dimenticare le parole dal Visconte di Palmerston scritte al Principe di Metternich, suo naturale alleato, titolo oramai storico, come quello per cui tutti i Principi sono cugini: «Accordandomi ai sentimenti legittimi del diritto di possessione, per il quale il Governo austriaco manifesta la sua risoluzione di difendere i possessi imperiali in Italia, il Governo Britannico spera che nessun caso prossimo si presenti di mandare questa risoluzione ad effetto.» Giova sperare che il signor Visconte, mutate le insegne, e trasportato dall'Austria all'Italia il suo affetto, vorrà beneficarci con altro che con la speranza che l'Austria non voglia mandare contro di noi le sue risoluzioni ad effetto.

XIV.—Russia.

L'Italia che dianzi aveva tutti contro di sè, oggidì pare che abbia tutti per sè cospiranti; nemici tra loro, o sospettati di poter domani diventare nemici, in ciò solo unanimi stupendamente: Prussia e Francia, Inghilterra e Russia. Anche Russia chiede un congresso; altri dice per la Turchia, cioè per la cristianità, che le preme: ma l'una cosa non esclude l'altra, essendo parte di cristianità anco l'Italia, a un dipresso. Certo è che la guerra di Crimea, anzichè respingere Russia verso Asia, la attrasse nel bel mezzo d'Europa; ebbe anche Russia la sua Villafranca. Storico, ma sul serio, anzi sunto di storia molta, è il motto: Russia non s'imbroncia, ma si raccoglie. Si raccoglie per isvolgersi, come chi si fa indietro per prendere con più empito la rincorsa. Russia, al modo di tutti coloro che si destinano, e son destinati a vantaggi sicuri e ultimi, sa aspettare. E siccome i governi liberi per loro fini si collegano co' governi assoluti; e umani in casa verso una parte della propria famiglia, verso un'altra e di fuori son altro; così per contrario i governi assoluti non solo si associano ai liberi, ma si fanno promotori di libertà, di rivoluzioni, di congiure, intendendo alla loro maniera il proverbio, che da un disordine nasce un ordine. Non dico che debbasi da noi perciò diffidare o della Russia o d'altri che sia, perchè nella diffidenza stessa, ripeto, può essere credulità: dico che conviene saper discernere le ragioni vere e della nostra fiducia e dell'altrui benefizio.

XV.—Germania—Confederazione.

Non bisogna attribuire agli uomini (uomini sono anco i Principi, persone umane anco i governi) intenzioni sovranamente generose, o gratuitamente crudeli; nè troppo grossi pensamenti, nè troppo acuti. In questo rispetto Napoleone III fu da' suoi ammiratori calunniato, troppo più che se fossero suoi nemici. Per torcere le parole di lui a servigio delle proprie speranze, affermavano che quanto egli dice, è il contrario di quello che sente; dal che per vero le promesse all'Italia acquisterebbero senso troppo sinistro. Altri pensò che la pace di Villafranca non fosse che un artifizio per lasciare l'Austria impacciata nel Veneto, quasi un laccio di morte: altri per contrario pensò che l'accostarsi all'Austria era un'alzata d'ingegno per dividerla da Inghilterra, così come l'accostarsi a Russia era stato un voler mettere l'Inghilterra in pensiero. Altri ordiva una trama di ragionamento più fina; e diceva così: Francia non può permettere che Germania sia una, che diventi nazione davvero. Finchè Polonia viveva, vigile e minacciosa tra Germania e Russia, con la lancia sempre in resta contro la schiatta Germanica, la più invaditrice che sia sulla terra; l'Europa poteva affidarsi: ma, dopo la grande iniquità del secol passato, si è fatta trista missione alla Francia impedire che Prussia appropri a sè tutte le forze Alemanne. Or cotesto era da temere pocanzi; non gli eserciti del Reno accennanti alla Francia, ma l'autorità morale cresciuta alla Prussia dall'annichilarsi dell'Austria. Depressa questa con l'una mano, con l'altra conveniva rilevarla da terra; e il rilevarla era un'altra depressione. Il distruggere è un modo di creare; ma si può, anche creando, distruggere. Questo gioco l'ha fatto la pace. Non so se la Francia possa andar lieta di cotesto uffizio di reagente chimico di revellente medico, se a Napoleone III possa piacere pur l'apparenza di dissolvente e di pittima. Ma direi che chiunque troppo sperasse o troppo temesse dalla dissoluzione delle alleanze vecchie e dal congegno di nuove, risica di sbagliare; perchè e le nuove possono disfarsi, e le vecchie rifarsi, siccome vedemmo e vediamo. E c'è una perpetua naturale alleanza, in certe cose, di certa gente con certa altra gente. E per me credo, che senza voler nè difendere nè offendere l'Imperatore di Francia o quel d'Austria, altri potrebbe credere che nel loro colloquio e' si siano dette ragioni a vicenda persuasive, e che l'uno abbia fatta la parte dell'altro con rara, e forse unica, sincerità.

Guardiamoci dagli eccessi. Perchè la Confederazione Italiana fu adoprata a palliare una pace non accetta, e a scusarla forse nella coscienza di chi cercava conforti a sè stesso più che ad altrui, per questo taluni parvero rigettare tutta sorte confederazioni, e si rifecero con rettorica incauta dal numerare gl'inconvenienti delle confederazioni che vivono, senza badare ai vantaggi. Laddove non si può di punto in bianco cogliere la perfetta unità; laddove questa è da coloro stessi che si dicono amici o sospettata o impedita; la Confederazione, quando non sia ludibrio o laccio, giova a prepararla e a promuoverla. Laddove poi siffatto vincolo è stretto dalle consuetudini e dalla ragione delle cose (della quale la stessa utilità può essere prova, tuttochè non ne possa tenere le veci), gli è cosa desiderabile senza dubbio. E affermo non solamente che la Confederazione Americana e quella di Svizzera, ma fin la Germanica ha per la Germania i suoi vantaggi; e che le discordie e i pericoli degli Stati Germanici non da questa causa provengono, ma da ben più profonde. Per la Confederazione, ancorchè svogliata e imperfetta, e mal tollerata da lei stessa, Germania si sente a qualche modo nazione, e ne prende le sembianze, il che è pure qualcosa; e ritrova occasioni frequenti d'aspirare a unità, e di farla all'Europa temere. Questo nome insomma è di per sè stesso una forza; e chi proponesse ai Tedeschi di sciogliere ogni Dieta, ogni simulacro e cerimonia di deliberazioni comuni, di affidare a uno Stato la cura di rappresentare tutta quanta la schiatta e di renderla daddovero una, non ne avrebbe risposta del sì, se non dallo Stato prescelto: e, messo al punto, anche questo esiterebbe, come abbiam visto fare nel quarantotto la Prussia. Esiterebbe non tanto per dappocaggine o per riguardi di verecondia e di generosità, quanto perchè sentirebbe sorgere dalla natura stessa delle cose difficoltà all'impresa non dissimili da minaccia. Certamente è ridicolo, in orribile maniera ridicolo, che la Confederazione Germanica pianti i suoi piuoli co' suoi cartelloni sull'estremo limite del Trentino, e distenda sè stessa fin là; e chi dice a noi che la nuova Confederazione Italiana per giuochi della sorte non impossibili non faccia sì che quei medesimi piuoli con quei medesimi cartelloni vengano trapiantati sulle rive del Mincio? Ma da coteste lepidezze germaniche non segue che quella loro Confederazione sia per ora così cosa da nulla come taluni la vogliono. Taluno de' quali, sbertando quella, confondeva ne' dispregi un degli Stati Tedeschi serbato forse a sorte maggiore che non le sia dato fin qui, la Baviera. Se si volesse per l'appunto misurare il valore intrinseco delle sovranità, io non so quanti sovrani davvero potrebbero contarsi in Europa; ma so che la vera potenza nè degli Stati nè delle nazioni, la vera loro efficacia sull'avvenire, la storia non le suol misurare nè dalla mole, nè dal rumore che fecero. La Baviera anco fino al dì d'oggi, come contrappeso, fu qualche cosa al disopra del nulla: ma potrebb'essere che diventasse un de' centri. E Napoleone I, coll'istinto de' grandi ingegni e degli uomini fatali, pare che lo presentisse; e accennò di volerlo operare: senonchè i lampi dell'alta mente erano brevi a illuminare le tenebre del suo cuore e la tempesta de' tempi. Ma può essere che, senza deliberata cospirazione di Principi o rivoluzione di popoli, Austria venga via via perdendo, e dall'un lato ceda del terreno alla Slavia rioccupante quel ch'è debito alla sua schiatta, dall'altro alla Baviera meno sfruttata e meno odiata, che rappresenti la Germania cattolica, e, rattenendo, educhi a istituzioni più equabilmente liberali la Prussia. Questo, insinattanto che la diversità delle confessioni, come nebbia importuna, al lume della virtù si dilegui.

XVI.—Roma.

Se a questa grande unità Roma inalzasse il pensiero, ne avrebbe concetti e più italiani e più cristiani; e non solo al decoro della sede, ma alla sua stessa dignità temporale provvederebbe. I protettori della sua così detta indipendenza dovrebbero farle paura, quand'ella rammenti che anco la Russia accennò di voler essere vindice dei diritti del Pontefice Re; che il visconte di Palmerston scrisse nel quaransette: «L'integrità degli Stati Romani devesi riguardare come l'essenziale elemento della politica indipendenza della Penisola Italica.» Ecco come l'ingegnoso protestante concilii l'indipendenza della Chiesa Cattolica coll'indipendenza della nazione italiana, per mezzo del Regno Papale, conservato nella sua presente larghezza. Se poi Roma possa vantarsi e godere di tal protettrice quale è l'Austria, contro cui protestò, come contro usurpatrice, per bocca e di Pio VII e di Pio IX (e Pio VII faceva profetica confutazione de' sofismi odierni, ripetendo in senso contrario la parola stessa, e affermando le guarnigioni di Ferrara e Comacchio contrarie all'indipendenza assoluta della Santa Sede, nel suo principio), l'Austria che le tramava in casa cospirazioni, di quelle che essa oltre Po punisce col laccio e col piombo, altri giudichi. Certo il dover dipendere dalla difesa armata di protettori, per generosi e devoti che siano, è una indipendenza di nuova maniera. E i più generosi e i più devoti, dacchè si trovano coll'armi in mano ne' dominii del Pontefice indipendente, non possono non parere e ad altri e a lui stesso, tosto o tardi, sospetti di irriverenza. Guelfi o Ghibellini, protettori o nemici, quando sono negli Stati del Papa, tutti è forza che siano o paiano Ghibellini e nemici. Il cardinale Bernetti, quasi trent'anni sono, scriveva che al Santo Padre i suoi figliuoli, come sudditi, non ubbidiscono che di nome; nè credo che il cardinale Antonelli li abbia col suo senno civile o con le sue virtù religiose fatti diventare più docili. Or io non so come il non volere i popoli dipendere dal Principe possa fare che il Pontefice non dipenda da Principi, nè da popoli. Dovrà per lo meno dipendere dagli Svizzeri, da questi giannizzeri della Cristianità, i quali fin Napoli sente di non poter sopportare. E bisognerebbe poter interrogare la coscienza del cardinale Antonelli perchè ci dica se la indipendenza che viene a lui dalle milizie di Francia accampate in Roma, gli paia così comoda cosa com'egli pare profondo politico al Gabinetto di Francia. Lo schermirsi ch'egli fa dalla Confederazione minacciata sarà forse prova di raro accorgimento, ma non è certamente di sacerdotale franchezza. E io credo insomma ch'egli sia per l'appunto così contento della Francia, come la Francia è di lui.

Quando Napoleone III calando in Italia prometteva serbare intatti al Pontefice i suoi dominii terreni, nel Piemonte alleato fu fatto sopra cotesta questione a un tratto silenzio, intimato, dicesi, dall'autorità, o, se piace meglio, consigliato. La subitana prudenza che teneva dietro alla licenza loquace, la qual troppo spesso confondeva e gli scandali della Corte e l'autorità della Sede, non parve a me, credente, generosità tanto imitabile, quant'era prova di maravigliosa prudenza e docilità. E scrissi poche pagine, non per trattare a fondo la questione già esaminata abbastanza, ma per rammentare riverentemente il diritto de' popoli, il dovere de' preti. Giovava che la discussione non fosse intermessa, anzi ripresa più pacatamente che mai, a fine di preparare, nella coscienza pubblica, all'Imperatore stesso gli spedienti di sciogliere il nodo, quando il suo momento venisse. Ma questo momento non poteva essere, pendente la guerra: conveniva dunque intanto ragionare, e aspettare la stagione de' fatti. Altri volle parere più zelante dell'uomo la cui opera era stata, siccome necessaria, instantemente invocata. Chi non seppe incominciare senza di lui, presunse finire senza di lui; e apparentemente almeno, a dispetto di lui, non curando se ne venissero smentite le sue parole, rotti i suoi segreti disegni. O cotesti disegni erano ignoti, e conveniva usare precauzione grande acciocchè l'inscienza e l'imperizia non paresse petulanza e ostilità; o erano noti, e il pure precipitarne di proprio arbitrio il compimento era per lo meno irriverenza pericolosa, o risicava di parere, che è il medesimo, e forse peggio. Non giova mai voler apparire più forte o più avveduto o più sollecito dei solleciti, degli avveduti, de' forti.

Ma la questione in parole, e pubbliche e schiette, ripeto, potevasi intanto trattare, e dovevasi, anco per manifestare a Napoleone III i voti legittimi della nazione; al che egli disse di badare, e anche non volendo ci bada. Speravo che il mio scrittarello potesse essere inteso da tutti, come fu da moltissimi, per il suo verso: ma parve a taluno che, laddove io proposi lasciassersi i sudditi del Papa assaggiare altro governo, e poi, se loro meglio piacesse, ritornassero agli Svizzeri e al Papa, io proponessi sul serio un nuovo regno del Cardinale Antonelli. Che rispondere a interpretazioni tali? Che siamo in Italia; e che il fio della servitù lunghissima, e della poca intelligenza de' fatti e del linguaggio civile, bisogna pagarlo, e caro. Ora però dico sul serio che, se gl'Italiani non fanno senno, anco liberati dai Papi, quel ch'io davo come sfida dell'impossibile, diventerà inevitabile, e il Cardinale Antonelli sarà di bel nuovo Re. Altri si dolse ch'io, desiderando sottratto alla dominazione de' preti tutto il rimanente Stato, lasciassi la città di Roma per sede al Pontefice; come se io ve lo volessi Re in compagnia degli Svizzeri; come se il municipio di Roma amministrante sè stesso non potess'essere degnamente all'intera nazione congiunto; come se l'antica potestà temporale de' Papi non lasciasse ai municipii maggiore libertà che ora non ne lascino certi statuti; come se quelle liberali conciliazioni del diritto civile col canonico, le quali il Papa ha permesse in tanti Stati cattolici, non si potessero, anzi dovessero ammettere in Roma per evitare contraddizioni mostruose. A taluno pareva crudeltà di niegare all'alma Roma quello che concedevasi a Forlimpopoli: e appunto in quel mentre che la doglianza pia usciva, entravano in Perugia gli Svizzeri a insegnare l'intervallo che corre dai desiderii alla possibilità. Ma quand'anco da Roma e da Italia togliessesi insieme con la Corte la Sede; quand'anco la nazione volessesi diredare di quella morale potenza, maggiore di ogni impero, la qual verrebbe dall'autorità spirituale d'un uomo sopra milioni d'uomini sparsi per tutto il mondo civile, autorità ringrandita dallo sparir del diadema sopra la mitra; quand'anco giovasse alla libertà Italiana e alla civiltà che il primo prete o diventi suddito d'un Re straniero, o che un Re o una Repubblica lo ricetti e gli dia un paese devoto al suo speciale governo, a condizioni che potrebbersi fare gravi a lui a noi, forse a tutti; quand'anco ciò fosse, nessun uomo che abbia memoria del passato e discernimento del presente e presentimento dell'avvenire, oserebbe voler collocato il centro della nazione novella in quella città che nè per vantaggi militari nè per progressi civili e scientifici può dirsi centro, in quella città che non solo all'Europa tutta ma alla misera Italia stessa col suo nome risveglia tante rimembranze o di dolore o di rancore, di troppo recente umiliazione e di troppo antica grandezza.

Ma queste sono anticaglie, che forse di qui a qualche secolo, come segue di tutte le anticaglie, ritorneranno novità: per ora il fermarvisi con la speranza o col timore sarebbe un far ridere i nostri nemici, un far sospirare o anche arrabbiare gli amici. Adesso abbiamo dall'un lato l'Impero Romano oltre l'Alpi (Rome n'est plus dans Rome), dall'altro, il cugino del Re di Roma, che combattè nel trentuno non contro il Pontefice ma contro gl'innumerabili regnatori di Roma al minuto, che da dieci anni difende non il regno ma la persona del Pontefice con soldati che non sono de' figli di Romolo; e insieme permette che una parte de' sudditi del Sacerdote Romano esprimano in parole e in fatti i loro voti legittimi non contro la persona del Sacerdote, ma contro que' regnatori al minuto. In queste che paiono contraddizioni, egli sentirà certamente una segreta convenienza che molti non sentono; ma io confesso di credere non impossibile che sia sinceramente sentita in qualche maniera.

E confesso altresì che, se le speranze in lui poste, se gl'impegni espressi o taciti con lui presi mi paiono cosa rischiosa e ad altri e a lui stesso; la dimenticanza di quegli impegni o la disperazione improvvisa mi pare assai più rischiosa. Confesso che alla sua entrata in Torino, dopo i memorabili cimenti suoi e del suo esercito, dopo la Lombardia, o parte almeno della Lombardia, liberata, nonostante la pace di Villafranca, avrei voluto men fredda accoglienza, acciocchè fin l'ombra della ingratitudine fosse dagli avvantaggiati e dai deboli allontanata, acciocchè il giusto dolore de' fratelli rimasti sotto il giogo e in agonia non fosse potuto imputare a sentimenti di presuntuoso dispetto, acciocchè l'angoscia appunto de' fratelli non fosse aggravata dalla tema che il potente irritato li abbandoni per sempre alla loro misera sorte. Io so bene che non si fa forza agli affetti, che non è degno simulare la gioia, e ridurre a cosa teatrale i trionfi: ma se quello era pretto e profondo dolore del benefizio non compiuto, pare a me che dovesse durare un po' più, e con più efficaci segni, e non in quell'incontro, essere significato. Il pensiero di quella giornata mi sta sempre dinanzi; e mi umilia non solo per il vincitore salutato così, ma e per la nazione che dalla sua improvvida credulità è tratta a convertire in amaro la gioia delle stesse vittorie, e si espone a esacerbare l'animo di colui che dianzi com'unica sua salute invocava. Lasciando stare gli affetti, che in politica voglionsi cosa spropositata, pare a me che se credevasi pur possibile che nell'animo dell'uomo una buona disposizione verso le cose d'Italia o rimanesse o si rinnovasse, cotesta possibilità di per sè sola era ragione a mostrargli riconoscenza; e caso che ciò non si credesse possibile, le accoglienze severe diventavano provocazione mal cauta, o per lo meno significazione inutile ed impotente. Posto che il tremendo alleato più non volesse giovare punto, non poteva egli nuocere più? Era forse amor patrio il fornire pretesti a que' consiglieri pur troppi che gli stanno d'intorno, che gli dissuadevano questa guerra, e che adesso di tale ricambio degli Italiani si farebbero un'arme contr'essi? Possibile che e nello sperare e nel disperare l'Italia abbia a dimostrarsi così nemica di sè? Intenderebb'ella a così caro costo e in così nuova maniera smentire l'antica calunnia appostale di Machiavelliche duplicità?

XVIII.—Il non fatto, e il da farsi.

Senonchè gli uomini previdenti che ha la nazione, anzi la miglior parte della nazione, pare che meglio intendano, e cerchino di farsi intendere meglio. E' s'accorgono che la pace di Villafranca ha sospeso assai cose, non ne ha conchiusa nessuna; che Napoleone stesso manifestamente dimostra la sua intenzione d'aver voluto lasciare adito non solo ai voti legittimi ma ai legittimi fatti. Nè egli può intendere la legittimità nel vieto senso de' regnanti di razza, restringendola ai diritti d'una famiglia, e cotesti diritti facendo salire e scendere per gli organi della generazione principesca; nè i voti de' quali egli scrisse, hanno a essere vuoti d'effetto, e desiderii di debolezza più che suffragii d'autorità. L'autorità propria egli deve all'autorità di que' voti, la dice dovuta; e in questo e in altre cose parecchie giova pigliarlo in parola. Pigliarlo in parola, non come a un lacciuolo, ma perch'egli desidera esserci preso; vuol essere inteso: e guai a coloro che non sanno punto intendere chi non vuol dire tutto! L'arte del sottintendere è la misura della civiltà, della quale l'Italia si tiene maestra. Non è nè svantaggio dei tempi, nè colpa di Napoleone III, se i popoli sono da esso invitati a manifestare le proprie volontà: ma chi si appagasse di manifestarle in sole parole, lasciando che Napoleone III faccia, frantenderebbe lui; il quale non potendo e non dovendo fare ogni cosa, e non volendo e non sapendo far nulla noi, ne verrebbe necessità che i suoi nemici e nostri facessero essi.

L'occasione, anzi la necessità del parlare alto e dell'operare, non è passata dopo la pace di Villafranca; è anzi più destra che mai. Foss'anco passata, bisognerebbe apparecchiarsi a poterla cogliere se ritorna. L'apparecchio è di concordi consigli, di armi concordi. Il dir di volere tal principe, di disvolere tal'altro, dirlo in piazza o in assemblea, dirlo a tavola in brindisi o dalle finestre in dicerie applaudite senz'essere udite, non basta: non basta festeggiare trionfalmente la futura decadenza di tale o tale razza di Principi, e pregare gli stranieri che ci facciano poi italiani. I decreti delle Nazioni, acciocchè siano validi, devono essere incisi con la punta delle spade, e scritti col proprio sangue. Ma le spade italiane al bisogno contansi tuttavia poche. Da più mesi è sgombra Lombardia; e dopo tanto, esce un foglio di carta che intima la leva, una leva come ne' tempi ordinarii. E se nel luglio Luigi Napoleone moriva? E se s'avverava il suo presentimento di guerra più vasta, che altrove chiamasse le forze di Francia? Io non dico che l'ordine non sia buono, massime quando prova che le ombre arciducali non sempre ne sono la necessaria tutela; ma l'ordine può conciliarsi eziandio con gli apparati di guerra. Nè il numero dei pronti a combattere sì in Toscana e sì nelle Legazioni e sì ne' Ducati è tanto che possa, se non con sforzi di valore non tentabili per mera pompa e senza gran sangue, resistere all'austriaco invadente. Nè è cosa onorevole nè sicura fidare nella momentanea forzata inerzia del nemico, e di questa menare vanto. Or in tanto bisogno di braccia armate, in questa sospensione che rende tuttavia inevitabili al Piemonte stesso i soccorsi stranieri, io non intendo perchè i volontarii o sparsi per l'esercito o accolti in schiere da sè, dovessero, con sì precipitosa e non chiesta sollecitudine dei loro agi, essere lasciati liberi dell'andarsene, e non piuttosto, ora più che mai, allettati degli altri con fraterne accoglienze a venire: I Veneti specialmente, ai quali porre in mano pochi soldi da ritornare alle case loro, cioè sotto il bastone dell'Austria, sarebbe ludibrio crudele se non fosse sbadataggine di chi crede aver altro a pensare; i Veneti giovava che fossero tutti raccolti in una legione distinta del nome loro, per metterli al punto di più insignemente onorarlo, per mostrare ai calunniatori ignoranti o spietati, che anco il Veneto è Italia, che Austria, di qua dal Mincio insopportabile, non è benefattrice di là.

Vero è che la pedanteria soldatesca non è tutt'uno con la disciplina militare; e che i poveri volontarii furono, sebbene armati di quella docile pazienza che è più difficile del coraggio, messi da cotesta pedanteria a prove dure. Ne trionfarono sopportando; e questa, al parer mio, è la più bella vittoria e più ben augurosa all'Italia, perchè vittoria di noi stessi. Che Stati finora aventi una qual si sia vita da sè, spontaneamente si addicano ad altro Stato, non dirò io certamente che non sia bello: ma può nel merito averci parte o l'ebrietà delle cose nuove, il pericolo delle dubbiose. Quando gli animi siano attutiti, e data giù la procella, allora comincerà daddovero il merito della concordia, il saggio dell'unità. Se fosse quel che raccontano, che a Perugia chiedente d'unirsi, taluni delle Legazioni rispondessero col rifiuto, cotesto non sarebbe auspizio d'italianità lieto assai: ma speriamo che sia voce bugiarda. Speriamo che quanti si sono dati al Piemonte, non aspetteranno oziosamente da esso quel ch'e' dice chiaro di non poter dare per ora, sapranno stringersi tra loro, e fare onoratamente da sè. Il cittadino guerriero che rappresenti e metta in atto la loro unanime volontà, non è sorto finora. Altri forse dirà che qui richiederebbesi un Washington o un Bolivar, non per fare repubblica (i nomi non creano le cose, talvolta le disfanno), ma perchè quei milioni d'uomini dimostrino di poter operare e pensare da sè, e perchè quindi il merito dell'unione apparisca. Altri dirà che il sorgere d'uomo tale potrebbe rapire nel moto altre parti che voglionsi intanto quiete; e che la mancanza di certe persone può non denotare tanto la infermità de' tempi quanto la provvida disposizione di Dio, il qual intende condurre gli uomini come e dove non sanno, e scemando la gloria de' meriti, sminuisce insieme pietosamente la taccia de' falli. Certo è che con coteste astrazioni matematiche, di linee che non sono superficie, e di superficie che non sono solidi; con cotesto voler separare nella libertà quello che la servitù stessa univa, non si fanno le grandi nazioni, nè di veruna specie cose grandi.

XIX.—Sincerità.

Provvedasi almeno che, nella mezzanità de' concetti e delle opere, la sincerità delle intenzioni sia salva. Intendo bene ch'egli è difficile tarpare le ali al desiderio e alla fantasia, e farli andare al passo della diplomazia bipede e senza piume; intendo bene che scherzare coi suffragi universali e colle Costituenti non si può senza risico. Ma se le cospirazioni e le congiure, o i maneggi che somigliano a quelle, possono parere comode a certi Principi; questa è ragione di più perchè ne sospettino i popoli e le rigettino. Se la storia recente ci mostra, tra gli uomini che dicevano sè moderati, esempi di trame, se così piace, onestissime, ma che non si posson chiamare con altro titolo che di cospirazioni, soggiuntovi pure quello di ispirate e di sante; da ciò non segue che tutti i procedimenti in cui le parole e i fatti e le intenzioni non vanno d'accordo, sia da parte de' Principi, sia da quella de' popoli, non tornino da ultimo funeste a coloro stessi che avevano per sè la ragione e il diritto. E anche senza questo fomite di dissoluzione, l'Italia infelice ne ha troppi già nel suo seno: onde chi per tal mezzo volesse aiutarla, foss'anco con intendimento pio, sarebbe protettore sospetto.

Io non dirò certamente atti di poca sincerità i così detti indirizzi, le congratulazioni e le condoglianze, le visite reciproche tra municipii e Provincie, i pranzi e le messe da morto, le ambascerie pubbliche e le deputazioni segrete, le feste nelle quali da ultimo sfogasi fino la disperazione: ma temo che qui non sia pari alla sincerità l'efficacia; che la civiltà troppo antica di certi paesi crei una politica troppo nuova delle cose del mondo. Io so bene che in mezzo agli evviva e alle tazze ospitali gl'Italiani tutti non cessano di pensare con lagrime al calice amaro, ad ogni ora riempiuto, che bevono i veneti fratelli loro: ma desidererei che in forme talvolta men clamorose fosse significato l'affetto dei meno disgraziati. Desidererei che pe' Veneti a un tempo e per sè con la medesima istanza pregassero tutti quelli dell'Italia di mezzo; che si facessero interpreti dell'altrui dolore per forza muto, non per stupidità o per paura, muto e immobile non per menomare i singoli oppressi a sè i mali proprii, ma per non aggravare inutilmente i comuni. Desidererei che una voce, che mille voci si alzassero per dire che nostri fratelli, Veneti insieme e Lombardi, nobil parte d'Italia, sono i popoli del Trentino, dannati in un limbo tormentoso a non essere nè Italia nè Germania, sospetti ad entrambe; sui quali nel titolo odiato di Tirolesi al peso della tirannide si sopraggrava l'incomportabile peso della immeritata calunnia.

Ad alto uffizio per certo è in queste prove destinato il Piemonte: ma le difficoltà accumulate dalla storia e dalla natura, da' falli della nazione e dalle insidie dello straniero, al Piemonte si fanno più dure per le arti improvvide che certuni in suo servigio adoprarono. Noi lo vediamo costretto a pendere anch'esso dall'altrui volere e da' casi, a tenere sè e noi attaccati a un filo il cui capo non è per ora in sua mano; a misurare con più parsimonia le promesse ch'altri non faccia le minacce, le promesse che non sempre furono parche così. E questa differenza, non foss'altro, è disgrazia grande. Senza doglianze, inutili ormai, del passato, impariamo tutti, o deboli forti che si sia, a raffrenare le nostre e le altrui speranze, a non sospingere con l'una mano per poi coll'altra dover rattenere; a rammentarci che diplomazia e rivoluzione, se sono pericolose ciascuna da sè, molto più collegate; e che quand'anco esse paiano tendere al medesimo fine, per via si dividono, se non si combattono. Certamente il Piemonte, con similitudine ormai trivialmente ripetuta paragonato alla Prussia, non intende imitare la Prussia in questo, del dividere la nazione che egli aspira a far una. Le cause religiose e civili che in Germania sono di divisione, l'Italia non le ha; ha altre sue proprie, e abbastanza tremende, senza che le non sue per imitazione si aggiungano: e quella della religione sarebbe la più immedicabile, e tanto più rea che bisognerebbe qui intruderla per forza. Ma ricordiamoci tutti che i conati a unione, sebbene sinceri, non bastano a fare unità; come non basta a levarci l'Austria di tra' piedi il patteggiare che lasci a noi la Corona di Ferro: trista memoria, da desiderare che insieme con lei se ne vada.

Non rimanesse in Italia dell'Impero che un'ombra; basterebbe a dar ombra e agli Italiani e ai Potentati d'Europa, e più forse a quelli a cui dell'Italia importa meno. L'Austria stessa da cotesto simulacro di potestà, da cotesta soddisfazione momentanea dell'orgoglio, avrebbe pericoli senza compensi nè di vera dignità nè di lucro. E già il lucro a lei e la sicurezza e la vita, per quel che concerne l'Italia, sono cose disperatamente divise, nonchè dalla dignità, dall'onore. Che l'onore le possa essere reso da Luigi Napoleone per via della Lega, se egli in buona fede lo spera, non lo spera l'Austria certamente. Altra volta ella aveva in proprio nome proposta una lega, e dopo il quarantanove fattone que' saggi che impunemente poteva; ma e nel sedici la lega fu ricusata, e dopo il quarantanove aggravò su lei gli odii e fece più urgenti i pericoli. E il Metternich, con quella semplicità che e in bene e in male è la dote dell'esperienza consumata, scriveva: «che l'Imperatore non ha pretesa d'essere un potentato Italiano, ma si contenta d'essere il capo del suo proprio Impero.» Or è da credere, per quanto Napoleone III sia politico accorto e tenero dell'Austria, che il Metternich di quello che Austria vuole s'intendesse un po' più.

Altri dimostrò argutamente che l'Italia è all'Austria peso e danno. Ma l'Austria pare disposta a rispondere che questo le è peso soave, e gratissimo danno, e ch'ella vuole pur seguitare provando agli Italiani la propria generosità e pazienza fino alla consumazione de' secoli. Del resto nel novero de' vantaggi che trae l'Austria dall'Italia, bisogna comprendere non solamente il danaro sonante che l'erario riscuote, ma tutti gli utili economici e commerciali che ne hanno le altre provincie dell'Impero, talune delle quali con questo titolo imperano veramente sopra l'Italia, e ricevono i suoi tributi; e però coll'Austria combattono e combatteranno contro di noi, tuttochè per altro dall'Austria oppresse esse stesse e ingiuriate. Poi l'argomento de' numeri potrebbesi allargare in forma a troppi altri molesta; perchè, se dovessero i governanti donare o vendere tutte quelle provincie dove per il momento presente la spesa è più della rendita, cotesta ragione varrebbe contro Inghilterra e contro Francia per le isole Jonie e di Malta e di Corsica; senza dire d'altre provincie dall'Austria dominate. E costei, con più apparente ragione che Francia e Inghilterra, potrebbe rispondere che, fidata nell'esperienza del passato e nel patto recente di Villafranca e ne' premii che sono promessi ai perseveranti (giacchè l'ostinazione e la stessa stupidità può parere a lei perseveranza, e non pare a lei sola), ch'ella spera che questo stato dispendiosamente violento, in cui tutte le ricchezze del suo regno Italiano le sono dalla guerra divorate e non bastano, cessi; che torni l'aureo tempo dell'ordine, del quale sia sufficiente guarentigia, invece del cannone, la forca; e le fortezze non servano che a custodia de' ribelli. Poi la soprallodata perseveranza austriaca ha un'altra idea: che il credito politico, a similitudine del commerciale, bisogna conservarlo a ogni costo, a costo anco di debiti rovinosi, e che tengano della rapina e del furto, e che pure non possano se non differir l'estremo fallimento e la fuga vituperosa. L'Austria vede che sopra la cosiddetta bilancia politica i potentati pesano non colle rendite nette, nè coll'affetto de' sudditi pochi, nè colla gloria delle armi poche e intemerate, ma colla estensione e la mole delle provincie che tengono, bene o male, o per amore o per forza. Coteste provincie, a un bel bisogno, servono non foss'altro per baratto; ma poi posson anco servire per titoli di nuova preda; giacchè nel jus delle genti, quale lo insegnano non i trattati teorici ma i pratici, la preda è diritto alla preda. Or se così è che le apparenze pur della forza somministrano vantaggi nelle partizioni che i forti fanno delle spoglie de' deboli; quando l'Austria non si tenesse aggrappata all'Italia per altro, ne la renderebbe tenace il pensiero della Turchia, ch'è la Gerusalemme de' novelli crociati. Dico della Turchia per un modo d'esempio; ma non intendo con ciò misurare gli appetiti dell'Austria, nè segnare il confine ai voli delle sue fantasie. Chi governa le fantasie di certi governi? La bilancia europea pesa tutto; ma chi misura gl'impulsi, furtivi o scoperti, delle tante mani che tengono la bilancia?

Questo traslato poetico, e le mitologiche personificazioni dell'ordine, della famiglia, e tante altre figure politiche, provano che il regno della poesia non è finito, che gli uomini positivi sono anch'essi poeti alla loro maniera. Giacchè dunque la natura, cacciata con la forca, ricorre; sia lecito le ragioni semplicemente aritmetiche confermare con ragioni più alte; e volendo persuadere all'Austria che se ne vada, rammentarle che un mezzo secolo di prove sempre più infelici e infami sopra l'Italia è già assai; che i suoi pericoli sono venuti sempre crescendo con l'ostentazione della sua forza e dell'accanita sua volontà; che il malcontento, da prima mutolo e inerte e sparso, s'è fatto sempre più clamoroso e operoso e concorde; che popoli e principi, dianzi o non curanti o avversi, dimostrano adesso o rispetto dell'Italia o pietà (vera o finta, interessata o generosa); che la simulazione stessa è un omaggio, quanto meno spontaneo tanto più valido a dimostrare la invitta necessità delle cose; rammentarle che le incessanti brighe austriache di prevalenza, tuttochè attestino più timidità che vigore, danno agli altri Principi, se non sospetto, noia; e che la noia riscuote talvolta più che la stessa paura; rammentarle che le inquietudini dell'Italia danno esempio tanto più pericoloso, che oramai riconosconsi provocate dall'Austria stessa; e che ai Principi legittimi non piace vedere il disordine diventato cosa legittima, ed essere sforzati a proteggerlo per tema di peggio. Se Austria teme che il lasciare libera di sè l'Italia, possa farsi tentazione agli altri popoli da lei tenuti a osare il simile, pensi che l'esempio delle rivoluzioni continue e delle guerre, miracolosamente restate, più che finite, per la generosità del nemico o per casi dove il merito di lei non ha parte, sono tentazioni agli altri suoi sudditi ben più da temere per essa. Pensi che il suo dominio in Italia, meno antico e più contrario a natura e più insopportabile per gli odii recenti da lei irritati, e anco per le vergogne da lei patite, non solo non avvantaggia la sicurezza e l'unità del suo vecchio impero, non solo non le porge speranza di nuovi possessi, ma le minaccia interna totale dissoluzione; che verso le altre provincie ell'è ancora in tempo di mutar tenore, rinsavita, e di rendersi tollerabile, e anco, se vuole, benefica, migliorando le loro istituzioni, e alla loro civiltà provvedendo. Per poter fare questo, per sanare la gangrena del suo debito, se i Potentati le offrissero un certo numero di milioni in premio delle sue rapine e in riscatto di quello che mai non fu suo, essa dovrebbe accettarli come mancia insperata, e andarsene quatta, facendo senno, e attendendo a curarsi e svolgersi dentro; e non d'estorsioni maledette, ma di propria e sempre più feconda e meritata grandezza arricchire.

Dove terrebb'ella i soldati Italiani sotto la sua bandiera coscritti? Non nell'Italia malfida; non nelle altre provincie, dove lo stesso loro aspetto sarebbe una rivoluzione vivente. Quali milizie manderebb'ella a tenere l'Italia compressa? I Polacchi ch'ella ha aizzati alle stragi fraterne, ma non però fatti amici suoi; e che, disperati d'altro, si volgerebbero alla Russia con meno ribrezzo? tanto l'Austria si è avvilita e moralmente spodestata da sè. Forse gli Ungheresi, che le han fatto provare il bisogno dell'elemosina russa? Forse gli Slavi, de' quali essa si è contro Ungheresi e Italiani servita per poi non solo fallire alle recenti promesse della paura, ma rompere gli antichi Statuti e giuramenti, sì comodi del resto a osservarsi, per schernire la loro malcauta credulità, e conculcarli? Ecco i Croati, il cui nome per le arti di lei è fatto intollerabilmente odioso alla civiltà, si risentono, negano il loro braccio alla guerra, rammentano la fede tradita, le loro franchigie violate, con atto tra di furto e rapina. Esce un libro in Parigi, munito di documenti diplomatici e storici, armato di ragionamenti e di fatti, che mette in luce cose all'Europa ignorate, i torti dell'Austria verso la Croazia infelice. Libro degno che vi pongano mente e Principi e popoli, e l'Austria più di tutti, per iscuotere da sè i fantasmi della sua inferma tirannide, e gettare l'occhio sul precipizio che le sta aperto, e lasciare l'Italia a cui troppo essa costa, ma che le costerà troppo più, se ci resta.

XXI.—Possibilità del pericolo.

Ma gl'Italiani non devono attendere che Austria, consigliata o dal pentimento o da un rotolo di monete messole nelle mani, se ne vada di suo proprio moto, sospinta dai Potentati, tutti con improvvisa concordia pietosi a pro del debole, risoluti a pro di chi non ardisce operare da sè. Bisogna porre (ed è troppo possibile) il caso che Austria non voglia cedere a nessun costo, che dentro in Italia ci sia chi la voglia, e, anche uscita, la chiami; che fuor d'Italia nessuno voglia o possa sul serio farle forza o paura; che, quand'anco cotesto volere e potere si trovino uniti, un momento, un solo momento si dia, nel quale gl'Italiani abbiano da sè stessi a far prova del proprio volere e potere contro un astuto e agguerrito e disperato nemico. Nel pensiero di questa, fosse pur lontanissima, possibilità, gl'Italiani devono affrettarsi agli apparecchi di guerra, come se fossero soli al duello di morte, raccogliersi in silenzio dignitoso e severo, nè con pompe di scenici trionfi sgomentare e accuorare gli amici, gli avversi irritare insieme e inanimire. Pretendere che altri faccia per essi, come servitore per padrone; sdegnarsi che non abbia fatto abbastanza, quando non si sa veramente quanto egli abbia promesso di fare, e a che condizioni promesso, e se altri prima di lui possa essere sospettato di venir meno alle poste condizioni; è, se non altro, puerilità. Quando sapete, e dovete sapere, che patti segreti ci furono sopra il vostro destino; l'immaginarli tutti in servigio di voi, è fantasia consolante, perdonabile, se così piace, agli inesperti e agli infelici che sentono il proprio dolore e diritto; ma non è fantasia alla qual devano ubbidire i più forti come se fossero i deboli essi, e devano le leggi del mondo civile piegarsi come a cenno di Dio onnipotente. Patti ignorati, perciò stesso che sono ignorati, devono mettere, più che baldanza, sgomento, massimamente a nazione che da secoli patisce inganni non sempre dal suo lato innocenti, e disinganni crudeli. Il lavoro di secoli, foss'anco lavoro di distruzione, non si disfà e non si ripara in un dì: che anzi le ruine ammontate si fanno alla riedificazione impedimento. L'Italia deve non aspettare che un Re, sia di qua o sia di là d'Alpe, la faccia. Nessun Re, nessun uomo è da tanto. Essa deve con lunghissima fatica riedificare sè stessa. Deve primieramente conoscersi, e acquistare la coscienza della propria forza vera, la quale coscienza non si ha dissimulando a grande studio le proprie debolezze. E gl'Italiani non solamente se le dissimulano, ma se le aggravano e creano. Tra cittadini e villici non s'intendono ancora: tra provincia e provincia è cominciata così in digrosso una qualche specie o mostra d'intesa; ma decreti, nè visite cerimoniose non bastano a tanto. Due milioni e mezzo e più d'Italiani gemono e fremono sotto quel bastone e quel ferro che minaccia tuttavia la nazione tutta quanta; e altri milioni intanto tripudiano della speranza, alla quale il dolore fraterno e le significazioni del lutto pubblico sarebbero augurio ben più fausto nel cospetto del mondo e di Dio. E poi si dolgono che l'Imperatore de' Francesi non abbia fatto abbastanza per loro. Hann'eglino fatto, fann'eglino il loro dovere per sè? Vuolsi ch'egli si dolesse del non essere stato inteso. E sebbene io non presuma d'intenderlo, perchè non so tutto quanto egli ha detto; sebbene io creda ch'e' non ami essere sempre inteso in tutto e da tutti; confesso però che chi molto pretende dai forti, ha dovere d'intenderli o d'indovinarli in qualche maniera; e che l'unica scusa o compenso della debolezza assai volte è l'intendimento, a almeno la prudenza modesta. Io so bene che, oltre all'affezione, l'Imperatore ha altre ragioni di giovare all'Italia; ma l'Italia ne ha ben più per giovare a sè stessa. Egli può tuttavia mettere nella bilancia che libra i nostri destini, mettere di quelle parole che pesano quanto la spada, perchè pronunziate con in mano la spada; può senza suo risico acquistarsi una gloria di conquistatore più pura che quella dello zio, la cui ombra occupa tuttavia Europa tutta, e delle cui tradizioni si fanno forti e amici e nemici: ma la spada di Francia, grazie a Dio, non costringe l'Italia a starsene inerme, non assicura l'Italia da tutti i pericoli. La Francia ha i suoi pericoli anch'essa: e se il sospetto d'uno di questi ha dettata la pace di Villafranca, un altro sospetto può ben commuovere nuove guerre nelle quali agli Italiani sia forza dar saggio di sè. Napoleone III si compiace in far prova della propria oltrepotenza distraendo amici e avversi con accenni di guerra or a ponente or a mezzodì, or a levante; ma potrebbe anch'egli essere in simile maniera distratto, sì che non possa provvedere a noi altri. E taluni tra noi richiedevano il tutto da esso, come se l'Italia fosse il centro del mondo, come se la Francia non fosse grande se non per farsi all'Italia piedistallo. Siamo riconoscenti a quella nazione prode, che sparse tanto sangue, per noi; ma pensiamo che non le sue intenzioni e il cuore de' suoi magnanimi, ma le sue necessità vere o immaginate, e le arti ostili di chi non vuole un'Italia forte, e le calamità secolari di questa terra, potrebbero mutare in contrario le cose. Cotesto, nell'animo degli onesti e de' previdenti, non dovrebbe punto scemare della gratitudine debita ai fatti finora seguiti: nè Magenta e Solferino, indelebili nella storia, devonsi mai, checchè decada, dalla coscienza dell'Italia cancellare. Senonchè la più degna gratitudine al benefizio è il dimostrarsene meritevoli; e il miglior modo del dimostrarsene meritevoli è fare il possibile per non ne aver di bisogno. Se il tempo datoci a riconoscere e rifare noi stessi, lo perdiamo in baldorie; sarà troppo tardi il lamentarci ch'altri ci abbia lasciata una libertà di balocco come a fanciulli, per rendere palpabile la nostra immaturità, per farcela confessare a noi stessi, per condurci a invocare nuovo giogo com'unico scampo, e strascinarci, disonorati, là dove noi non si voleva venire. Intanto chi si tiene già libero e forte e felice, rattenga gl'impeti della propria esultazione; si ricordi che c'è tuttavia degl'Italiani che soffrono. La creatura conculcata e avvinta, che appena ha sciolte le braccia e si vede ancora alle spalle il calcio del fucile tiranno che minaccia percuoterla, non dovrebbe sentirsi gran voglia d'agitare le mani per applaudire a sè stessa.

XXII.—Conclusione.

Narra la storia una di quelle parole che sono il compendio di vicende di secoli, sono il simbolo del fato de' popoli, sono la filosofia della storia; narra d'uomini Ghibellini in Firenze tratti dal vincitore alla morte. Domanda l'uno: Dove andiamo noi? E il compagno risponde: A pagare un debito che ci lasciarono i nostri padri. Un debito tremendo a noi lasciarono i nostri, e noi l'abbiamo aggravato; e pagarlo bisogna: pagarlo bisogna o con lagrime e con sudore e con sangue, o almeno con atti di senno forte, d'astinenza modesta, di virtù generosa. I nostri padri invocarono lo straniero a opprimere i loro fratelli; invocato, lo provocarono: sappiamo noi e meno insuperbire, e umiliarci meno; esercitare a tempo la fiducia e la diffidenza. Essi affidarono l'armi a braccia mercenarie: e a corrompere sè stessi abusarono il sentimento del bello, e le maraviglie della natura e dell'arte: noi riformiamoci in civiltà forte e austera; rammentiamoci che la grazia verace germina dalla forza. Essi disconobbero il vicino, il fratello: noi apprendiamo a studiarci, e leggere l'un nell'altro come in libro di lingua non ancor bene nota. Essi disprezzarono e odiarono: sappiamo amare.

NECESSITÀ URGENTE.

Quel che doveva in Italia seguire dal primo del corrente anno all'ultimo dì, nessuno, per grandi che avesse le speranze delle cose prospere o l'apprensione delle avverse, l'avrebbe saputo antivedere, almeno per quel che concerne la singolarità de' modi ne' quali si vennero gli avvenimenti svolgendo. Così è che gli ammaestramenti della storia, per la novità dei casi seguenti, tornano inutili a chi viene dopo; così accade spesso che quelle cose più ci colgano sprovveduti, alle quali le minacce altrui e i nostri vanti più parevano dover prepararci.

Il dì primo dell'anno non era ancora sonata quella parola regia con cui Vittorio Emanuele si disse sensibile al grido dei popoli; e questa fu che eccitò veramente un grido d'esultante ed impaziente speranza. Parve di subito imminente la guerra, insoffribile ogni indugio; e quando Francia prometteva ad Austria e ad Europa di non varcare le Alpi, se non quando Austria avesse varcato il Ticino, quella promessa a molti sonava minaccia; e taluni desideravano l'Austria invaditrice pur per veder soccorritrice la Francia. Esaudì l'Austria quella invocazione; e fu un punto che Torino sentì approssimarsi lo scalpitare dei cavalli nemici. Francia venne; in meno d'un mese, di battaglia in battaglia, e di sbaglio in isbaglio, Austria fu a Solferino. Dove per le sorti italiane e per l'onore delle armi francesi e per il destino dell'impero stesso, lungamente librati in fatale bilancia, combattettero il pertinace valore degli uomini e la tempesta del cielo. Alla quale i patti di Villafranca fecero succedere inaspettata bonaccia; simile a quelle che invidiano il porto sperato ai naviganti stanchi, i quali, sentendo le correnti marine ritrarli nell'alto, imprecano al nocchiero, che, per freddamente audace che sia, impensierisce.

Il turbine della guerra, che aveva travolti oltre il Ticino gli Austriaci, gli spazzò in men di un mese fin oltre il Mincio, divelse piante ducali e arciducali, portò via cardinali. A cardinali e arciduchi successero dittatori già sudditi loro; ed ecco da ultimo un avvocato del foro torinese redare per procura la potestà dello zio di Francesco Giuseppe e del nepote alla duchessa d'Angoulemme, d'una donna e di un prete. Milano e un brano non piccolo di Lombardia ritornano d'Austria in Italia; il Piemonte si allarga non tanto di terra quanto di concetti e di affetti; i suoi nuovi fratelli lo obbligano a sempre più fraternamente trattare i sudditi antichi; meditansi nuove leggi da ampliare (con parsimonia però) le innocue franchigie municipali, e l'onesta libertà del pensiero nell'educazione, libertà troppo più importante al viver civile che quella della stampa, fatta per imperizia e per abuso, se non dannosa, impotente. Altre leggi preparerannosi; le quali del resto non diventeranno leggi davvero se non si mutano in consuetudini, se non le fecondano i sentimenti. Apresi intanto un nuovo campo di prove: l'Italia settentrionale si sente più vicina all'Italia di mezzo; e se il riparo delle Alpi non si è più rialzato nè meglio munito, quello degli Appennini in qualche parte è abbassato o forato. Atti di concordia tra gli Italiani si celebrano, che mesi fa non si sarebbero immaginati neanco: città che parevano sepolte in letargo, si scuotono senza convulsione; altre che temevansi disperatamente frementi, attendono con fiducia quieta. In sola una città (e non di quelle da cui più sarebbesi temuto; e anche qui la previdenza degli uomini venne meno, e fu questa forse la cagione del male che li colse alla sprovvista), in sola una città un solo esempio d'atrocità fu veduto, fra tante ire da tanta età accumulate: e all'onor dell'Italia giova notare che dalla bocca di un Italiano, l'Azeglio, non da stranieri, uscirono a riprendere quel fatto le parole più severe e accorate.

Se non che ai lungamente infelici e minacciati di nuova infelicità, il fermarsi nei conforti al dolore, il non ne torre via le cagioni, sarebbe pericolo e colpa e vergogna. Piuttosto che trascendere in esultazioni, giova pensare che gli ottenuti qualsiansi vantaggi, l'Italia non li deve tutti a sè stessa; e che nel 1848, fra i molti errori e non tutti innocenti, potevasi almeno affermare che armi tutte italiane, comecchè da ultimo sventurate, resistettero a lungo non inugualmente contro quelle forze alle quali a gran pena si tenne pari l'agguerrita e animosa e meritamente celebrata potenza di Francia; pensare che, se il giogo della tirannide è grave, il peso del benefizio non è leggiero se non a chi sappia farsene degno; pensare che la vittoria dovuta in parte ad altrui, bisogna tosto o tardi scontarla; che se gli uomini privati possono gratuitamente largire oro e sangue, i governanti de' popoli di rado lo possono, lo vogliono ancor più di rado; e che il reiterare di tali largizioni, nessuno può richiederlo come debito, e potend'anco, non lo deve, se cura la propria dignità. Bologna che gode dei dittatori Cipriani, Farini, Bon-Compagni, non può non rammentare il sangue, gli insulti della sorella Perugia; e più alto che i cantici di Lombardia liberata, s'innalza il gemito dei Veneti angariati, incarcerati, percossi, delusi delle promesse solenni. Ai Veneti non è promessa consolatrice il figurarsi dominati da Austria immedesimata all'Italia; il figurarsi l'Italia trasformata in un corpo di nuova fattura, corpo di cui il papa capo, e Francesco di Vienna e Francesco di Napoli membra, e duchi e arciduchi incerti, o altri incogniti e nascituri come principi, membra. Il fatto si è che, con tutti questi trionfi, Austriaci a diecine ed a cinquantine di migliaia stanno accampati in Italia, e Svizzeri assoldati versano o s'apparecchiano di versare sangue italiano, e Italiani stanno per essere sguinzagliati contro i loro fratelli; e per schermo da Austriaci e da Svizzeri e da Italiani ci restano Francesi in Lombardia, in Roma Francesi.

Se a Roma fossero spediti col medesimo intento che in Lombardia; se quelli di Lombardia devano da ultimo riuscire al medesimo intento che quelli di Roma, o se viceversa; il giudicarlo o il domandarlo non spetta a chi ignora assai cose, e quest'una ben sa, che tutto sapere non si può nè si deve. Ma d'altra parte non si può non sapere che oltre agli intenti palesi de' grandi fatti politici, sempre ce n'è di segreti; e che, per esempio, la pace di Villafranca non poteva essere ad uomo così cauto insieme e così risoluto com'è chi governa nazione tanto coraggiosa quant'è la francese, non poteva essere consigliata dal solo timore delle armi di Prussia. Inutili oramai sopra ciò le querele, ma peggio che inutili le parole provocatrici a cui tanti si lasciarono e lasciano andare pubblicamente. Se i popoli ignorando il segreto e di quella pace e di quella guerra, non si potettero dar per intesi di certe cose, e senza avvedersene offesero; se continuando per la medesima via, senza malizia nessuna seguitano tutti i giorni a fare il contrario di quello che altri vorrebbe; è da sperare non ne portino la pena, come semplici e innocenti che sono: ma non sarebbe punto innocenza il voler tutte interpretare a proprio comodo e piacere le parole che i potenti pronunziano, e in quelle stesse che per le necessità politiche quali le fa la miseria dei tempi suonano ambigue, voler leggere ogni cosa chiaro e determinato in proprio servigio; e per contrario, alle parole che chiarissimamente suonano sfavorevoli, non dare retta. Fu già schiettamente significato all'Italia che la Francia aveva compita la parte sua: e questo si chiama parlare netto; e non intendo perchè non s'abbia ad intendere. E quand'anco non fosse profferita cotesta parola che non è punto minaccia ma consiglio più provvido d'ogni promessa; chi guarentisce a noi che la vita e la sanità e l'agio di difendere gl'Italiani basti al potente alleato per tanto tempo quanto a essi fa di bisogno? E se la morte, se una infermità, se una guerra diversa ci lasciasse esposti agli assalti e alle insidie degli esterni e degli interni amici e nemici?

La più feconda promessa uscita dalla bocca imperiale è nella parola: Armatevi, Italiani. Nè per la pace fu quella parola disdetta; ma anzi confermata e illustrata. E chi disse: La mia parte è compita, intese: Ora a voi. Bisognava dunque, dopo il dì 12 di luglio, ben più sollecitamente che prima, non dico provocare la guerra, ma dico agguerrirsi; porre la propria salute nel non sperare da altri salute; far ragione d'essere al mondo soli, circondati da pericoli minacciosi. Non era ormai l'Italia che, rigettando i soccorsi, dicesse: Farò da me; era l'Europa che parte per aspettazione di benevolenza, parte per stanchezza o dispetto, comandava all'Italia: Farai da te. Bisognava non svogliare o rimandare scontenti i poveri Volontari, ma sempre più stringerli, disciplinarli, incuorarli, ordinare una leva che facesse montare l'esercito a numero tale da far fronte alla forza nemica. E potevasi; e della inesperienza avrebbe tenuto luogo l'ardente volontà, la coscienza del diritto, il pensiero del combattere sul proprio terreno; e il numero, non foss'altro, degli armati, avrebbe raffidati gli amici, inanimiti i dubitanti, sgomentati gli avversi, spronati insieme e rattenuti i consigli dei potentati europei, spronatili a rompere gl'indugi insidiosi, rattenutili da sentenze sprezzanti e spietate. Bisognava mettere a profitto il primo impeto dei popoli liberati per ottenere e dai benestanti e dai poveri stessi (la cui cordialità colla moltitudine delle piccole offerte accumulate supera i donativi della più sfoggiata opulenza) ottenere que' sussidi, che avrebbe del resto estorti per sè lo straniero se dimorasse più a lungo. Bisognava, coll'autorità dei signori amati e dei preti degni, eccitare nei campagnuoli l'affetto di patria, il quale nessuno mai curò svolgere in essi neanco in quel grado che pur si poteva, neanco stringendo tra loro e i cittadini que' vincoli non dico di fratellanza ma di clientela, pe' quali erano forti le antiche società, e grandi imprese potettersi dalle nazioni compire. La nazione bisognava rigenerare negli esercizi militari, non contentarsi che qualche migliaio di guardie civiche in qualche città si mostrasse con sufficiente destrezza e con lodevole puntualità alle rassegne o a cerimonie di quasi scenica pompa: incominciare con la vita del campo, con gite via via sempre più faticose, con esercizi sempre più violenti, a indurarli al disagio, che a sostenere perseverantemente è più duro del pericolo, e fin del tormento, al disagio la cui dissuetudine rende i popoli imbelli.

L'apparecchiarsi daddovero alla guerra avrebbe vinta, prima che sopraggiungesse, la guerra. L'usarvisi tuttavia (giacchè il tempo opportuno non è tutto ancora passato) renderebbe gl'Italiani degni di rispetto e agli stranieri e a quei, qualunque si siano, principi che verranno. Perchè quand'anco l'esito delle cose oltrepassasse la più lusinghiera speranza, quand'anco senza travaglio ottenessimo a un tratto quiete libera e dignitosa; e all'Italia toccasse una sorte non mai toccata a gente o ad uomo nessuno, dico di fruir con onore beni largiti dall'altrui generosità, non conquistati con opera corrispondente al loro valore; quand'anco ciò fosse, la conservazione di questi richiederebbe a ogni modo il lavoro che per il loro conseguimento si fosse risparmiato. Non basta mutare governo, bisogna mutare vita. E se le leggi sorreggono la libertà, non la fondano che i costumi.

Libertà non si crea per decreti. Possono i parlamenti col coraggio iniziarla, con la concordia sostenerla, con la proposta di buone istituzioni avviarla: ma sue nutrici e tutrici sono la fede, le virtù domestiche, e l'armi. Non parlo de' vanti matti nè delle feste puerili; de' Te Deum tra due pranzi, de' mortori alternati co' balli; agonia della patria, morte de' vili. Ma dico che, salvo i non mai abbastanza lodati, i quali affrontarono i pericoli del campo, le angustie della carcere o dell'esilio, il maggior numero di questi undici milioni d'anime hanno ricevuto la novella condizione di cose senza sagrifizi, senza ansietà, senza quasi pensiero del buio e minacciante avvenire. E la storia e l'esperienza ci provano come alle inerti speranze consegua disperazione inerte, non consolata da memorie, non compianta. Questo spiraglio concesso all'Italia di libera vita doveva essere così fitto di nobili esempi, che qualunque si fossero i governanti venturi, dovessero averne o modello o rimprovero, e l'Europa apprendesse da' fatti quello che noi possiamo e sappiamo. La maraviglia che da più parti dimostrasi per l'ordine conservato in mezzo a quello che da taluno chiamasi disordine quand'è in nome dei molti, ma stimasi giustizia quand'è a vendetta di pochi; cotesta maraviglia piuttosto che ammirazione rispettosa o amorevole, è in altri sorpresa di fatto che non si aspettava da gente a cui non si aveva nè fede nè stima, in altri sorpresa stizzosa, perchè del disordine che disonorasse l'Italia tramavano far loro pro; e si confidano che prolungando la prova, le speranze irritate e deluse, il dispetto che prorompe dall'animo de' deboli ad arte stancati, conduca le cose là dove costoro fin dal principio intendevano d'avviarle. Non però ogni parola che si fa sentire, è di maraviglia e di lode. Quegli nel quale i più speravano maggiormente, e che più si dimostrava benevolo, non risparmia riprensioni severe e di detti e di fatti; ma a chi sappia intenderle, salutari. E basta rammentare la recente lettera di lord Ellenbouroug per sentire come possa la lode sincera esser mista a rimproveri amari, e il dono a raffacci che farebbero seccare gli allori della vittoria più rigogliosi. Sarebbero ben semplici gl'Italiani se si fidassero ai cospiranti affetti di tutti i potentati di Europa per loro; quando cotesta cospirazione stessa è prova dell'essere que' potentati divisi da interessi contrari e da reciproche gelosie.

Non lo possono oramai gl'Italiani dissimulare a se stessi. Il cammino che han preso è onorato ma arduo: non che giunti alla meta, e' sono appena alle mosse. Amici e nemici stanno a guardarli se sappiano prendere la signoria del proprio destino. Da questo punto dipende il destino di secoli forse. Nessuno farà l'Italia s'ella non si rifà da se stessa; e primo segno del suo rifarsi sarà il ridivenire valida a difendersi con le armi proprie da tutti, sola e sempre. Il tempo di questi lunghi mesi perduto, riguadagnarlo bisogna: costituire un esercito; raccogliere, non da prestiti che rovinano l'avvenire e fanno la nazione dipendente dai suoi stessi nemici, ma da offerte comuni, regolarmente raccolte a tempi fissi, il danaro occorrente. La nazione che ha già saputo sagrificare le proprie affezioni municipali al principio d'unità, s'è mostrata degna di sagrificare alle necessità dell'onore e della vita una parte della propria ricchezza, che le sarebbe poi restituita ad usura. Sta in lei il farsi l'ammirazione davvero, o lo zimbello, dei popoli.

Queste parole ho dettate non senza pena, e dopo lungo esitare; ma, sollecitato da chi ama d'ardente amore l'Italia, rimproverato del mio silenzio come di colpevole noncuranza, scorgendo imminenti i pericoli, e i disinganni sempre più acerbi, parlo, per invitare, per supplicare che vengano efficacemente al soccorso coloro ne' quali è il valore della parola, del senno, della volontà; coloro che hanno il vantaggio del favore pubblico, l'autorità del consiglio, la potestà del comando.

Per quanta non curanza o si abbia o si finga delle cose d'Italia, in particolare del Veneto, la sua condizione ogni dì si presenta come una difficoltà politica ad Europa tutta; non per l'importanza storica o civile, nè anco per l'economica, del paese, ma per la geografica e la strategica, e per i potentati che han preso parte nella lite, e per quelli che potrebbero prendervela, e per quelli che sono, anche malgrado loro, obbligati a dovere comechessia definirla. Nè la soluzione delle difficoltà si può differire a bell'agio, come s'è fatto, e si farà forse ancora per assai tempo, di quanto concerne l'impero ottomanno; sì perchè qui l'impaccio del partirsi le spoglie non c'è; sì perchè trattasi di cosa più prossima e collocata nella luce delle nazioni civili; sì perchè a questo è a bella posta convocato un congresso, il quale deve pur qualche cosa risolvere, volendo essere tribunale supremo. Nè sarebbe sentenza finale la sua se lasciasse appiglio a liti nuove, se non provvedesse insieme alla sorte d'un popolo, e alla quiete di molti altri popoli, e alla sicurezza e all'onore dei giudici stessi, i quali tergiversando e lasciando spazio alle tergiversazioni altrui, non darebbero gran saggio nè di potenza nè di previdenza. Or la questione, non solamente giova ma è forza che sciolgasi in modo pacifico; perchè, quand'anco il congresso non concludesse niente e si venisse di nuovo alla guerra, dovrebbe alla guerra seguire un altro congresso; e, dato giù il fumo dei cannoni rigati, bisognerebbe da ultimo consegnare alle righe d'un foglio la giustizia o l'ingiustizia consumata. Seguirebbero sempre dispute di diritto, o di quel che il più forte e il più destro spacciasse per diritto; seguirebbero transazioni. L'ha detto un uomo che pare assai perito della materia, l'autore dell'opuscolo Napoleone III e l'Italia. Tant'era cominciare dalla cosa con cui si doveva finire: ma quello che non si è fatto, conviene il farlo ora, innanzi che un altro centinaio di migliaia d'uomini cada mietuto sulla terra d'Italia, se bastano.

La soluzione da taluni proposta concilia molte contrarietà, che la guerra non potrebbe se non più terribilmente aggravare. Il popolo da liberarsi non rinnega la naturale santità del proprio diritto, la storica legittimità di quello, venerabile come cosa antica, cospicuo come cosa illustrata da prova recente; non confessa e non permette che altri possa affermare, ch'egli si riscatta con oro per non si francare col ferro. Dopo le resistenze di Vicenza e di Venezia, e del Cadore, dove un pugno di montanari inermi respinse le soldatesche austriache per sette settimane; dopo le schiere d'esuli volontari che corsero al pericolo come a festa, e che Vittorio Emanuele attestò non impari a' suoi prodi; nè Austria nè altri può dire che manchi il coraggio del sacrifizio ad uomini che, disarmati, abbandonati d'ogni speranza, 100,000 e più fucili nemici appena possono oramai contenere. Se dunque per risparmiare, non già ciascun veneto il sangue proprio, ma il sangue de' suoi cari, e gl'insulti barbarici più amari che morte, per risparmiare nuova guerra al resto d'Italia e all'Europa, gli oppressi si rassegnano a un estremo tributo, impostogli non dall'oppressore, disperato già del tenere più a lungo la preda, ma dal desiderio di respirare al più presto insieme con gl'italiani fratelli un po' di quiete, e dal consentimento dei potentati d'Europa; la dignità loro non n'ha detrimento. E questi potentati, da altra parte, chiamando l'Austria non a sindacato, ma seco a consiglio; non la discacciando dal Veneto con le armi o con le minacce, ma proponendole un patto più vantaggioso a lei della possessione aborrita e perpetuamente contesa; liberandola dal doppio giogo dell'odio e de' debiti che schiaccia lei, più che essa l'Italia; provvedono alla sua ch'e' potranno chiamare dignità, le rendono un benefizio inestimabile, fanno opera di colleghi e fratelli.

Napoleone III, l'uomo di Magenta e di Solferino, non era di per sè solo il più idoneo interprete dei desiderii de' Veneti presso l'Austria; Napoleone III, l'uomo di Villafranca, non conveniva che di sua volontà propria paresse egli solo voler dissentire da quello che aveva coll'Austria consentito; Napoleone III, che in nome d'un suo antecessore doveva dimostrarsi scontento dei patti del quindici, meglio era che la proposta e l'uffizio del mutarli lasciasse agli eredi di coloro stessi che avevano stipulati essi patti. E d'altra parte, possono questi eredi dire all'erede dell'Austria, che, i titoli comuni delle loro possessioni essendo fondati sopra la successione legittima, ed essendo la possessione del Veneto venuta all'Austria dal patto di Campoformio, cioè dalla concessione d'un figlio della rivoluzione, d'uno che aveva colla spada stracciate tante pergamene di legittime monarchie e repubbliche; liberarsi da questa memoria di disordine scandaloso, da questo documento del quale e i Veneti e tutti gli altri popoli soggetti a lei si potrebbero servire per coglierla in contraddizione, sarebbe assai provvido accorgimento. Potrebbero insieme gli eredi dei re che scrissero i patti del quindici considerare che, essendo il fine di quelli la pace d'Europa e la loro propria quiete, e mancando oramai quelli al fine; il mutarli è un consentire più intimamente allo spirito che li dettava. Nel fatto de' Veneti poi conseguesi, per provvida disposizione della celeste giustizia, il doppio vantaggio, dell'osservare insieme il principio della legittimità, violato da coloro che se ne armavano, e del riconoscere il suffragio dei popoli; al quale suffragio non solamente l'imperator de' Francesi ricorse e ricorre, ma e quel d'Austria in Gallizia, e con migliori auspizii quel di Russia, conciliando a sè il maggior numero de' sudditi suoi coll'affrancamento de' servi, conciliandosi l'opinione dell'Europa per mezzo di giornali avvedutamente compilati, conciliandosi con molte industrie la fiducia di tutte le nazioni slave e di tutti i seguaci del suo medesimo rito. Se l'intaccare la scritta del quindici fosse novità, sarebbe pure atto di prudenza coraggiosa l'osarla spontaneamente prima che tremende necessità distruggano il merito di tale atto, e di vantaggioso e onorevole che potrebbe essere ancora, lo facciano pieno di pericoli e di vergogna: ma il Belgio e Cracovia e la Grecia e la Francia sono esempi sufficienti a tor via gli scrupoli e dare ardimento. Senonchè le più delle eccezioni sin qui fatte ai decreti della santa alleanza, quand'anco non si vogliano chiamare o fortuite o forzate, certamente a tutti coloro che le operarono o le permisero non acquistano lode di pura spontaneità o di coraggio. Tempo è che di proposito e di concordia, lealmente, solennemente, con pieno giudizio, un intero rinnovamento di que' decreti si faccia; e che, come per buon augurio delle riformazioni rimanenti, incomincisi da Venezia e dal Veneto; e Austria, fin che c'è tempo, abbia il merito o almeno le apparenze del libero consentimento. Lasciando stare la coscienza del giusto, e riguardando i computi della mera utilità; deve Austria piegarvisi quando pensi che avrebbe potuto a quest'ora perdere troppo più, e che troppo più risica di perdere poi senza compenso e senza decoro.

Questo timore ben più legittimo che non siano i titoli di lei sopra il Veneto, deve essere più forte dei sospetti che la turbano e tentano: sospetti, dico, che l'esempio si faccia contagioso, e che altre parti dell'impero pretendano cosa simile. Le condizioni del Veneto sono in ciò singolari. Nessun'altra nazione soggetta all'Austria si trova divisa in sè da governi opposti, parte esteri e parte suoi proprii: nessuna provincia ha per più di dieci anni dimostrato e con la parola e col silenzio, e con la rivoluzione e con la guerra, e con le carceri e con gli esilii, la coscienza del proprio diritto, l'aborrimento del giogo straniero, la perseverante e concorde volontà non di alleviarlo a sè ma di scuoterlo: nessuna parte dell'impero è stata ed è più angariata, più insultata insieme e temuta da' suoi insultatori, i quali coll'esaurirne le forze, col provocarne l'odio insieme e il disprezzo, si confessano disperati di poterla lungamente tenere non solo al modo che soglionsi tenere popoli civili da civili governi, ma neanco al modo che il padrone de' Negri o il mulattiere tiene la schiava sua o la sua bestia, avendo cioè qualche riguardo alla vita e alle forze di quella per accrescere lucro a sè e mantenerlo. Aggiungasi che gli altri stati o provincie sono all'Austria attaccati da tempo più antico, con patti più o meno consentiti o tollerati; i quali se essa col governo suo infrange, può, ravveduta, osservandoli meglio, legittimarsi: ma il Veneto è possessione recente, ingiusta nell'origine, ingiusta nel modo del tenerla e del ripigliarla, intollerata ai posseduti, intollerabile ai poss<eitori; nè può farla parere antica a chi patisce, se non la moltitudine de' patimenti in così breve numero d'anni raffittita senza misericordia e senza discernimento. Sola la Gallizia potrebbesi recare ad esempio; ma nel Veneto e i diritti e i dolori e il malcontento e le resistenze ognun vede essere incomparabilmente maggiori. E l'ora della Polonia non è per anche suonata; ed è da sperare che col disciogliersi della tirannide turca, gli stessi potentati che la Polonia divisero, ricevendo altrove compensi, vogliano per onore ed utile proprio ricomporla.

Se Austria temesse che il torsi di dosso ai Veneti fosse ad altri popoli da lei governati incitamento a imitarli, e però resistesse ai consigli della propria utilità; non s'accorgerebbe del suo vero pericolo. Più grave pericolo a lei, oltrechè più ignominioso, è l'esempio di sudditi ch'essa non sa nè appagare nè domare, il cui silenzio sdegnoso e la prostrazione irrequieta e violenta sono essi stessi una continua ribellione: più grave pericolo è l'esempio quotidiano di questa guerra instancabile dello spirito contro la materia tiranna, che lo opprime e non può comprimerlo: più grave pericolo è la necessità di mandare i sudditi delle altre provincie satelliti degl'Italiani, nel quale ufficio non possono tutti compiacersi per crudeli che siano, nè, per vili che siano, gloriarsi.

Quando comincia (ed è già cominciata) a penetrare negli animi dei soldati occupanti l'Italia la pietà e la vergogna; quando cominciano a intendere e farsi intendere; quando si accorgono che il ribelle è una vittima, e ch'essi stessi sotto sembianze d'aguzzini son vittime; l'Austria è perduta, il suo impero è tutto una obbrobriosa rovina. Poi, ripeto che il fatto delle altre provincie è diverso; che parte di quelle nè si sentono ancora mature, nè possono costituirsi in nazione; e che sola la rea ostinazione dell'Austria potrebbe mutare le sorti loro in modo insperato. La più minacciosa di tutte, l'Ungheria, dopo la gigantesca scossa d'anni fa, si gravò sopra sè stessa e giacque; e coloro che maggiormente sperano in lei, se non amano illudersi o illudere, devono pensare che ivi non è unanimità tanto piena quanto in Italia; che un partito, e potente, vuole la grandezza magiara, ma la vuole sotto la tutela dell'Austria; che la prossimità del paese, le consuetudini inveterate, e il vanto stesso de' benefizi dal valore ungarico all'Austria resi, sono vincoli non ancora rotti; e che, ad ogni modo, il piantarsi una dinastia nuova in quel regno, oltre ad altre difficoltà, avrebbe impedimento dalle gelosie de' potentati reciproche, e dal timore che la novella dominazione colle armi di un popolo bellicoso si distendesse sui popoli circostanti. Della Croazia piuttosto, la quale i più degli Italiani, ignari d'altri e di sè, immaginano come la verga ferrea dell'Austria; della Croazia delusa delle promesse profuse nell'ora della paura, spogliata delle pattuite guarentigie, aggravata ad arte della detestazione del mondo civile; dico che della Croazia avrebbe Vienna a temere piuttosto: ma non è l'affrancamento del Veneto che la inciterebbe a rivendicare la propria libertà.

Un altro pericolo all'Austria verrebbe dal volere i Veneti soggiogati a sè; che insorgendo taluna delle tante schiatte a lei sottomesse, la necessità continua del tenere in Italia centomila soldati, se non più, e del pagarli, le sottrarrebbe le forze a difendersi da altre sommosse; e le leve forzate, e le forzate imposte la renderebbero sempre più debole e povera, sempre più avvilita e fallita. Sottrarsi all'Italia a qualunque sia patto, diventa per lei di dì in dì sempre più urgente bisogno, per conservare alla meglio un impero, o piuttosto per ricrearselo, giacchè essa lo ha con le sue proprie mani disfatto. E soldati e armi e danari le mancano per tenere insieme Italia e Croazia e Ungheria; ma quello che più le manca, è la mente: perchè, distratta da tanti diversi sospetti e spaventi, sbalordita dalla propria tirannide, non può discernere, non che calcare, la via che le resta unica di salute; dico il dotare i suoi sudditi d'istituzioni migliori, o almeno dare le già promesse, rendere le rapite. Questo degli altri sudditi; giacchè, quanto all'Italia, ogni ammenda è tarda, ogni ritrattazione discreduta, ogni accomodamento impossibile. S'ella, dopo gli smacchi sofferti, a costo di perdere altrove quanto potrebbe pur ritenere, si afferra a questo brano d'Italia; segno è che le sue mire vanno oltre; ch'ella agogna a tutta l'antica preda, e a maggiore: perchè non potendo col Veneto pagare i debiti che le costa e le costerebbe l'occupazione del Veneto, di qui segue ch'ella deve sperare mutate, col nostro peggio, le sue sorti. E lo spera; e i suoi fidi lo dicono apertamente. Or vedano i potentati d'Europa se ciò torni comodo a loro; veda la Francia se a lei giovi un'Italia austriaca; la Prussia, se un'Austria tedesca insieme e italiana. E veda l'Austria se i suoi sognati ingrandimenti possano non le fare nemica l'Europa tutta, e non tentare altri stati, ingelositi, a sommovere contro lei, non che Italia, altri paesi più prossimi ad essa e di possessione meno disperata. Ma l'Europa civile saprà, speriamo, provvedere meglio e a sè e a noi; antivenire il caso non impossibile, che gli Italiani, finalmente, stancati e da nemici e da amici, comincino a contarsi, ad intendersi, a fidare in sè stessi e nella giustizia di Dio degnamente invocata.

L'orgoglio siccome degli uomini singoli e delle famiglie private, così dei principi e degli stati, si fa spesse volte vanità, illude sè stesso, e colle armi proprie si ferisce. La speranza del riacquistare il perduto per colpa e inettitudine, nell'atto di sospingere a sconsigliati ardimenti, moltiplica le bugiarde paure, siccome bugiarda essa stessa. L'Austria, a cedere in Italia, teme umiliazione che la abbassi nel cospetto del mondo; non s'accorge, e dovrebbe pure accorgersi, come la sua pertinace ingiustizia è quella che la disonora davvero e avvilisce. Questo sarebbe anzi il momento di risolversene con meno umiliazione, dacchè la pace di Villafranca le ha offerte condizioni insperate; dacchè l'onore delle armi è salvo in battaglie, precedute e seguite da ritirate soverchiamente frequenti, ma che al vincitore costarono caro; le quali battaglie, pensando alla precipitazione delle prime mosse e alla tardità dei capitani che le eseguivano, alla loro imperizia decrepita, alla discordia manifesta, alla svogliatezza o renitenza delle soldatesche combattenti per signore disamato, al paese sopra cui combattevano avverso, ai contrattempi delle piogge e de' turbini, io confesserò volentieri essere state battaglie maravigliose. Disfatta a Solferino quando teneva la vittoria già in pugno, e ne aveva tutt'intorno spediti i messaggi, Austria tra poco sederà di pari col suo vincitore a consiglio, giudice e parte, giudice delle sorti proprie e di quelle della nazione sua accusatrice e sua preda. Non si lasci sfuggire questo punto di tempo, che forse è l'ultimo favorevole a lei; non aspetti il fallimento che già la preme; non crei a sè turpe necessità di nuove falsificazioni, di nuove lesioni alla maestà della fede pubblica, più del fallimento vituperose. Son queste le umiliazioni il cui pensiero dovrebbe metterle un raccapriccio di vergogna, e farla fuggire oltre l'Alpi più ratta che se inseguita da un milione d'armati. Per rifarsi di soldo e differire di poco la ruina del credito suo, Austria fece forza alla propria natura cauta e lenta, passò disperatamente il Ticino: ringrazi adesso Dio e gli uomini di potere, rifatta alquanto di soldo, varcare i monti, come viaggiatore che ritorna stanco ma spontaneo alla sua casa men ricca, dopo spassatosi lungamente a ufo nelle delizie di palagi non suoi.

Ma se non s'intende che ad Austria la ricognizione di un diritto accompagnata da compenso sia umiliazione, non è neanco da intendere che umiliazione sia ai Veneti la profferta. La quale fu, non so da chi primo, sparsa per i giornali; e parecchi Francesi generosamente amici all'Italia la accolsero quasi festanti, e la divulgarono più e più, confortandola con profferte proprie cordiali. Non essendo ormai dunque lecito dissimularla, importa dichiararne il legittimo significato. La condizione proposta possono i Veneti accettare, come un nuovo documento della buona volontà loro, da porgere ai potentati d'Europa; i quali possono alla loro volta proporla all'Austria non come un'elemosina alla sua inopia, purchè dal canto suo l'Austria nè altri non si creda di fare agli Italiani un'elemosina della loro imprescrittibile libertà. Non si tratta di riscattare le anime, e neanco il terreno. Che se il popolo italiano non mette innanzi la propria sovranità (parola schernita crudelmente e smentita dai cortigiani della povera plebe), prega che gli sia lecito desiderare la proprietà di sè stesso. Se altri lo ha barattato o donato o venduto, non soffre già egli, accettando la presente proposta, d'essere riguardato come schiavo, come greggia, come cosa. Piuttostochè ricomprare sè stesso, egli si crederebbe di riscattare Austria da taluno almeno de' suoi debiti divoratori; di riscattare le nazioni all'Austria sottoposte dalla crudele necessità d'invadere, depredare, bastonare, uccidere lui in nome di quella, e per prezzo del reo ministero di sgherri ricevere bastonature e morte, odiosità e vitupero. Intenderebbero i Veneti insieme risparmiare a sè stessi la trista necessità de' disordini che accompagnano i moti di libertà, anco più santi; risparmiare ai loro fratelli le calamità della guerra, risparmiare all'Europa i dispendii incessanti d'un apparato militare che smunge gli stati, che porta con sè gli svantaggi delle battaglie perdute, e delle paci ingloriose; risparmiarle gl'impacci delle pericolose mediazioni, e le ree loro sequele e rimorsi.

I Veneti, disarmati da secoli, posti in un paese che dalla sua giacitura e dagli abiti dell'antica civiltà è fatto malagevole a difendere al modo che difendonsi ne' deserti o tra le rupi montane i popoli indurati dalla loro miseria stessa; i Veneti compressi entro le loro città da una forza nemica contro la quale gli eserciti della bellicosa Francia appena prevalsero in campo; non disconoscono la propria presente debolezza, il dolore e l'ira non sfogano in vani vanti: ma sanno che l'Austria con tutte le sue soldatesche è debole più di loro; e la coscienza del proprio diritto, la volontà perseverante, il consentimento di quante ha il mondo civile anime generose, i falli e le colpe del loro oppressore, serbano a loro la finale vittoria. Senonchè gli sforzi necessari a conseguirla trarrebbero forse in armi gran parte d'Europa; e l'Italia sarebbe il campo dell'universale battaglia; sopra le sue terre, i suoi monumenti, i suoi parvoli, le sue donne cadrebbero le rovine, le rapine e gli strazi, ai quali dovrebbero lor malgrado concorrere gli stessi di lei difensori, i figli suoi stessi. Se uno spediente si porge di sperdere dall'Italia e dall'Europa questa tremenda minaccia; gli è dovere sì degli Italiani e sì de' potentati europei l'appigliarvisi. Questo terreno, i cui frutti per tanti secoli furono da tante fami straniere divorati, inghiottì via via a centinaia di migliaia i divoratori: ma qual pro della tarda, comechè atroce, vendetta? Meglio prevenire il flagello. Siccome i Veneti, pronti all'insorgere sul cominciare della recente guerra, rattennero gli sdegni e le speranze al cenno di chi per fini suoi li voleva spettatori quieti e quasi noncuranti de' fratelli e di sè; e per mostrare la propria fiducia alle promesse, l'obbedienza ai liberatori sperati, la religiosa osservanza dell'ordine, perdettero l'opportunità di sgomentare con moti interni alle spalle il nemico, e di assicurare ai combattenti il trionfo; così deporrebbero adesso ogni proposito di quelle resistenze violente alle quali può essere offerto il destro e dalle turbazioni e dai dolori d'altri popoli, e dalle guerre e dalle gelosie d'altri principi. Può dunque il congresso annunziato evitare e a' principi e a' popoli sventure grandi: chi sospetta dell'Austria, può così porle un freno; chi l'ama, o per meglio dire, ha interessi più o meno comuni con essa, può provvedere al decoro di lei con questa proposta che la sciolga dalle difficoltà raggruppate da lei intorno a sè stessa.

Nè le difficoltà e i pericoli son di lei sola. Russia non dico che deva temere della Polonia divisa, nè delle insidie d'Inghilterra potente d'arti segrete assai più che d'armi, nè d'una nuova guerra più efficace di quella che si ruppe contro Sebastopoli, come flutto spumante agli scogli; ma deve temere che faccende estranee a' suoi fini la distraggano dai vasti concetti ne' quali l'attenzione di lei si raccoglie. Inghilterra deve temere le sue possessioni troppo ampie, le sue colonie non tutte contente; temere Francia e Russia, e più di tutto i suoi propri sospetti, e la smania di parer più potente che non sia, e più benefica che non voglia. Prussia deve temere e dell'Austria rivale, e degli stati minori a lei collegati, e della confederazione germanica, che intende rinnovellarsi non forse per far lei padrona assoluta. Francia è terreno che traballa e che fuma. Le insidie tese ai popoli non sono sicurezza ai regnanti. Colgan essi questa occasione, unica forse, di conciliare insieme le proprie utilità e la giustizia; se non vogliono renderne conto severo a quel Dio che giudica i forti della terra, e quanto più sollevati in alto, con tanto più rumorosa rovina gli schiaccia.

Chi dubita se l'Italia sia fatta per essere nazione, osservi come, anco lacerata qual è, le sue membra provino consentimento di vita. Non si può toccare una delle sue questioni, o piaghe che piaccia chiamarle, che l'altre non rispondano con un moto di dolore e di speranza, tutte. Francate la Lombardia; e fate, se vi dà l'animo, che il Veneto rimanga in pace, scisso: lasciate che si rimuovano da Parma e da Modena gli antichi principi; e imponete a Parma e a Modena che formino ancora uno Stato da sè: alleviate a Romagna il suo giogo; e poi consigliate che gli altri sudditi del Cardinale Antonelli vivano lieti del dare con le proprie miserie rimorsi alla Beatitudine di Pio IX: sollevate Toscana, mostratele la speranza del farsi forte d'unione fraterna ed in essa ritemperarsi; e poi mandatela al Congresso, che Svezia e Austria e Napoli le indovinino le sue sorti: fate sventolare agli occhi della Sicilia un vessillo italiano; eppoi consigliatela di stare buona, e intanto di fare razza da sè con Francesco di Napoli.

Quando s'ebbe la guerra, l'unica riuscita ragionevole e onesta parve a me che potesse venire dall'intendimento deliberato di farne partecipe la nazione tutta quanta: epperò dacchè Toscana si mosse, io pregai fossero paventati i consigli di coloro a cui pareva possibile restringere il moto, e farlo utile e onorevole a sè tenendolo diviso da Napoli, e consentendo a coloro i quali sconsigliavano ogni mossa nel regno per servire a fini propri o ad altrui. E so che il Filangeri, temendo non per il re suo ma per sè, aveva agli esuli mandato voce, e promesso che adoprerebbe il suo ingegno e l'autorità d'accordo con essi: senonchè, accorgendosi ch'egli poteva risparmiare un cimento rischioso, compose in quiete accorta la troppo inerte e troppo operosa vecchiaia. Certo è che senza quegli otto e più milioni d'uomini occupanti quella tanto ricca e opportuna e pericolosa regione, senza quell'esercito e quella flotta, non ci sarà mai Italia forte e vera, nè veruna altra parte d'Italia potrà per sè sperare durevole sicurezza di libera pace.

Il tempo del fare ogni cosa a proprio senno è passato: potrà ritornare; noi possiamo prepararlo, affrettarlo; ma per ora è passato. Chi invoca l'aiuto di straniero potente, rimane legato dall'altrui benefizio, ancorchè a lui non paia d'averlo pienamente conseguito e a suo modo; deve obbedire alla necessità che s'è creata egli stesso. L'ingratitudine è vietata ai deboli; i quali devono attendere di poter diventare terribili per essere ingrati impunemente. Ma finchè dipendono dall'altrui volontà, la prima condizione imposta non dico dalla sana politica ma dal senso comune, si è di conoscere con certezza la volontà che è l'arbitra dei loro destini; e quella parte d'essa volontà che apparisce chiara, non la dissimulare a sè. Dicesi che nel 1848 in una città d'Italia la moltitudine in piazza gridasse a un inviato straniero affacciantesi alla finestra: Vogliamo anche Malta. Io non so se qualche Italiano ci sia che si pensi di gridare all'Imperatore de' Francesi e de' Corsi: Vogliamo la Corsica. Ma credo che nessun di coloro che l'hanno invocato, possa, senza farlo sorridere amaramente, dirgli a proposito di nulla: Vogliamo. La forza del volere è tanto più nobile quanto più rara cosa; ma il volere costante non consiste già nel ripetere le stesse parole senza accompagnarle co' fatti. C'è delle parole che sono fatti, perchè li preparano, l'indirizzano, additano il fine e i mezzi: ma il dire di per sè, e il pur ridire, non è un operare.

A formare un esercito italiano da poter solo da sè sostenere l'impeto nemico e respingerlo, tutti confessano che in otto mesi non s'è fatto quanto potevasi; e ne recano scuse accettabili, se così piace, ma che non fanno l'esercito desiderato, nè tolgono la dipendenza accennata. Or in questa pericolosa incertezza risicasi di offendere senza volere e senza sapere; si risica di parere cospiratori contro il proprio alleato, quando non cospiriamo che contro noi stessi. Le parti oggidì paiono scambiate; e sono i principi che cospirano o per guadagnare terreno o per ripigliarlo: ma appunto per questo i popoli devono fare altrimenti; procedere retti, parlare schietti, e pregare ch'altri sia schietto con loro; e se in alcuna cosa la provocazione a' deboli fosse lecita, questo solo, dico la sincerità provocare. Sapute le intenzioni del forte, sapranno o dissuaderle, o attenuarne almeno in parte gli effetti, o piegarvisi senza viltà, e preparare le moltitudini al disinganno, acciocchè gl'illusi non paiano traditori.

Soprattutto bisogna guardarsi dal raffermare e moltiplicare le illusioni altrui nel momento che dai nostri occhi stessi le si vengono dileguando. Bisogna guardarsi da promesse che paiano istigazioni, e possono suscitare improvvide precipitose speranze, fomite di moti impotenti e funesti. Bisogna guardarsi dall'esercitare contro i dissenzienti quegli arbitrii di rigore che dispiacevano ne' principi tanto, e che non forza denotano ma debolezza. Bisogna non aizzare gli avversi, non fare avversi gl'indifferenti, non dare importanza ai dappoco, non stuzzicare la prurigine degli agiati martirii. Bisogna, giacchè disperasi (e a torto, secondo me) d'eccitare nell'umile popolo le animose ispirazioni della patria carità, non provocare coloro che hanno nelle mani la coscienza de' popoli.

Le moltitudini sono buone, docili, non solo credenti ma credule: e lo sanno per prova anco gli avversi a' credenti. Nell'arguta Toscana, nell'ardita e irritata Romagna ammiriamo la quiete rassegnata, la gioia con cui s'obbedisce al volere d'uomini nuovi, senza saperne o cercarne il perchè. A chi ne muove dubbio, son pronti a dozzine a rispondere: e' ci avranno le loro ragioni a fare così. Han paglia in becco. I Parlamenti non parlano, non perchè non sappiano che si dire o che si pensare, ma perchè lo scemare pur d'una dramma l'autorità di que' pochi che credonsi necessari dagli uni, inevitabili dagli altri, pare a tutti misfatto. Se questa alcuno giudica prudenza soverchia, nessuno oserebbe chiamarla inonesta.

Ma senza detrarre all'autorità di veruno, anzi per raffermarla in onore e salute di tutti, sarà lecito desiderare che i governanti sappiano dove vanno, dove conducono la nazione da essi con sincero animo amata. Si aggregarono con civile intenzione al Piemonte; il Piemonte rispose parole che non rifiutano, ma che non accettano in forma da creare la bramata unità. Alle parole incerte succedettero fatti incerti, o certi troppo. Or non è lecito agli uomini pratici non si curare de' fatti, o fare tra essi una scelta a piacere, o interpretarli in un solo senso, se il senso n'è doppio. Pare che in Europa ci sia chi non vuole in Italia un regno forte, perchè forte a costoro significa minaccioso. E il Piemonte accresciuto de' Ducati e del Granducato e di parte de' dominii del Cardinale Antonelli, farebbe egli un regno forte veramente ora adesso? Adesso, con l'Austria ai confini dov'è? Se il soccorso di Francia gli venisse meno, potrebb'egli l'esercito Italiano qual è difendere questo regno cosiffattamente ampliato? E cotesto stesso Congresso, sperato liberatore, non ha egli allentati i voleri e distratte le menti dal provvedere allo spediente unico di liberazione, al rendersi sul serio forti?

Il Congresso darebb'egli leggi o consigli? Cederebb'egli alla ragione o agli affetti, il Congresso? E di che genere affetti? Da che punti di comune intesa moverebbe la disputa d'uomini tanto d'umore diversi? Cioè a dire, in che lingua parlerebbero per intendersi? Il Conte di Cavour, già sgradito a non pochi di que' del Congresso, e forse a chi più pareva gradito, potrebb'egli, sedendo lì, col suo ingegno fare che l'esercito italiano cresca in numero pur d'un sol uomo oltre a quelli che ne' passati mesi di tregua si vennero preparando? È egli chiamato perchè si sperino in alcuna parte mutate le sue disposizioni la forma del manifestarle, o perchè siano mutate le altrui? È egli chiamato perchè aiuti a Parigi, perchè in Italia non dia impaccio? È egli chiamato per discarico di chi vuol fare chiaro che in pro dell'Italia s'è tentato ogni cosa, e non bisogna prendersela che col destino d'Italia se indarno?

Innanzi il Congresso de' Potentati Europei, conveniva che si fosse potuto adunare un Congresso degli Stati Italiani, per dirsi netto quel che potrebbero e vorrebbero dell'Italia far essi. L'impossibilità dell'accordarsi tra loro, dimostra che la loro presenza al Congresso Europeo non farà che moltiplicare le confusioni e gl'imbrogli. Ma un altro Congresso era ed è fattibile e inevitabile e debito: degl'inviati da' paesi d'Italia incerti ancora del proprio destino, che dopo deliberatone invano co' loro decreti, dopo interrogatone indarno il Piemonte incerto anch'esso di quel ch'è da fare e da dire e da omettere e da tacere, non diano più retta a consigli passionati, a informazioni che non osano farsi palesi per poter essere ritrattate o negate. Vadano a dirittura dall'Imperatore dei Francesi, e non gli ripetano le volontà loro, ch'egli sa bene a mente, ma sentano un poco la sua volontà. Sappiano finalmente qual era il suo primo disegno, e quali intoppi lo frastornarono: quale la sua intenzione d'adesso; perchè mai questa latitudine data a una parte d'Italia a reggersi da sè mesi e mesi, a rendere o lasciar parere impossibile il ritorno degli antichi padroni. Ardiscano sentire il vero; ed egli non temerà certamente di dirgliene. Non è lecito ignorare oramai certe cose; e fingendo ignorarle, o parendo di fingere, offendere quotidianamente chi può sospettare nella stessa semplicità e nella inscienza un oltraggio.

48

IL PAPA NON È RE, MA IL CARDINALE ANTONELLI.

Se l'opuscolo Il Papa e il Congresso sia di mano che sa trattare il bastone del comando e la spada, non so; ma è certamente di chi sa trattare la penna. Se questa sia opera precorritrice di fatti, non è forse ben certo ancora a colui che l'ha scritta: ma debito nostro è non discredere, e non impedire; e neanco porgere pretesti perch'altri ci dica non buoni che a dare impaccio. Questo importa avvertire, e tenerselo dinanzi alla mente.

Nell'opuscolo è una parte di principii, e una di pratica. Quanto ai principii, essendo fatto per i diplomatici, e volendo per la via delle solite transazioni all'una e all'altra parte concedere qualche cosa, i ragionatori troppo severi o troppo sinceri ci avrebbero che ridire.

Quando si pensa che Cristo non fece sè nè san Pietro re, che il Papa fu e apparve indipendente nella sua potestà anche prima d'essere re, e che spodestato non disse eresie nè fu sospettato di dirle; e che essendo o parendo re, non fu sempre e non parve e non pare a tutti libero; se ne deduce che la necessità della corte all'indipendenza della Sede non è nè domma nè fatto. Ma se s'intende che il Papa non deve, come nessun altr'uomo, essere schiavo nè di re nè di popoli; e che per più alta ragione ch'agli altri uomini dev'essere a lui assicurata eziandio l'apparenza del libero arbitrio, come condizione non solo d'autorevole dignità ma d'onore (inteso nel comune senso di buona fama); concedesi volentieri come necessità morale e come dignità sociale e come condizione della dignità di tutti i credenti, e dei non credenti stessi, concedesi che il capo di una religione di dugento milioni d'uomini non deva essere suddito. Non per salvarlo così dal debito dell'obbedire alle terrene potestà giuste, alle quali devono obbedire anco i re; non per sottrarlo ai meriti del coraggio, dell'annegazione, del martirio; non per invidiare a lui quella forza interiore e quelle gioie sublimi che vengono dall'esteriore debolezza e dalle contradizioni e dai dolori inevitabili generosamente patiti; ma sì per togliere ai prepotenti d'ogni generazione le agevolezze e le tentazioni di dargli noia, d'offendere in esso milioni di coscienze; e per risparmiare alla società umana turbazioni, alle anime, scandali. Senonchè a fare il papa non suddito, basta assicurargli il soggiorno in città che non soggiaccia a principe alcuno; dove le cure minute dell'amministrazione siano affidate a' cittadini stessi, sì perch'eglino non siano macchine, e sappiano servirsi da sè; sì perchè al padre di tanta famiglia dov'esso è il servo de' servi, rimanga libera la mente e l'anima e la giornata per attendere di cuore e sul serio al suo ministero tremendo.

Un'altra sentenza, contraria alla prima, par che conceda forse troppo da un'altra parte, ed è là dove affermasi che il capo della confessione cattolica, come tenace che dev'essere delle tradizioni, non può non si fare avverso ai progressi civili. Ma la storia di molti secoli ci dimostra come i più grandi progressi e della scienza e dell'arte, non pochi de' più memorabili moti e delle più stabili istituzioni di libertà, furono iniziati nel seno di nazioni cattoliche, non contrastando i preti e gli uomini credenti, anzi spesso aiutando valentemente. Chiaro è che non solo in fatto di religione, ma e di scienza umana e di tutto quanto concerne la vita, certe tradizioni bisogna serbarle, per non ritornare a ogni tratto all'abbiccì delle cose, per intendersi, per francamente operare. Se la pianta, se l'uomo son fatti per crescere; non è già che l'atterrare il tronco e svellere le radici, lo slogare le ossa e sformare la faccia sia da stimare bellezza e incremento. Le declamazioni che certi poveretti ridicono fedelissimamente e noiosissimamente a proposito del progresso e de' preti, non s'accorgendo essere una tradizione anche la loro, ma meschina e dissolutrice, sono puerilità triviali, provano tutt'altro che libertà di pensiero. Non c'è società religiosa nè civile la qual possa permettere che tutta sorte verità pubblicamente si neghino: ch'anzi i meno riverenti al sacerdozio, quando le questioni toccano i loro propri diritti e utili e affetti, diventano più intolleranti; e nel senso che dann'essi alla parola, più chierici. La differenza che dovrebbe correre tra le potestà meramente civili, e l'autorità civilmente esercitata dal prete, sta in questo, che il prete quand'anco avesse il diritto della spada e del bastone e della catena, dovrebbe, per confutare il falso e correggere il male, servirsi di mezzi intellettuali e morali e religiosi, non solamente perchè più conformi alla sua missione, ma perchè maggiormente efficaci, anzi essi soli davvero efficaci.

A porre in quiete pertanto la coscienza del sommo pontefice basta che nel recinto dov'egli risiede non s'insegnino pubblicamente dottrine contrarie al domma e alla morale insegnati da esso. E già quanto alle verità morali, i governi di tutti i popoli cristiani consentono nel non permettere promulgazione di principii contrari a quelle; senonchè ad impedirla, i governi umani non hanno altre armi che materiali, nè di più nobili possono giovarsi per assoluta autorità, ma per raccomandazione o consiglio e preghiera. E di qui è che quando i governi sentono bisogno del prete, ricorrono a lui; e se non possono con bel modo usano la forza a strappare le sue predicazioni e i suoi cantici congratulanti; e se n'hanno paura, la costringono in nome della libertà a stare zitto.

Posta così la questione, ognun vede che nel paese abitato dal Papa tutti i progressi si farebbero leciti, tranne la negazione del domma, se questa è progresso: ma ognun vede insieme che restringendo i limiti della residenza pontificale, rendesi più fattibile la custodia del domma. Date al Papa una larga frontiera ch'egli abbia a difendere dai contrabbandi delle eresie e degli spropositi; e voi ridurrete tutta la sua potestà alla impotente e insopportabile vigilanza sopra un esercito di gabellieri spirituali; i quali tutti, per santi che siano ed eroi, non possono avere lo zelo e il coraggio di Sua Santità. Vigilanza, più che ad altri, insopportabile a lui, non foss'altro perchè sperimentata impotente. Che se difficile cosa pare che pur dentro alla cerchia d'una città non penetrino libri proibiti, come impedirlo in uno stato di tre milioni? E al Papa-re, non è lecito avere milizia di soldati e milizia di satelliti che non sappiano o non vogliano tenere da' suoi dominii lontana la falsità; non è lecito in cosa tale farsi inutilmente canzonare e odiare.

Ma la sua materiale potestà porta ancora più gravi contradizioni atte massime della sua coscienza. Il Principe della Chiesa cattolica o deve non avere forza per corporalmente punire e respingere gli altrimente credenti, o deve tutta adoprarla a tutti punirli e respingerli, tutti e sempre. Deve dunque la sua polizia vigilare sopra chiunque non senta messa la festa, e non osservi gli altri comandamenti della Chiesa; sopra chiunque tiene discorsi, anco privati, irriverenti alla religione o ai ministri di lei; deve inibire che i suoi sudditi abbiano faccende o colloqui con uomini di nessuna credenza o di diversa credenza; deve penetrare il segreto delle pareti domestiche e delle lettere; deve vietare che acattolici o israeliti saltino il fosso de' suoi dominii, e circondare agli stati della Chiesa la muraglia della Cina. Solo questo spediente lo può liberare dall'obbligo di statuire in regola generale quella che parve enormità tanto strana, del consentire che sia sottratto ai genitori un bambino per acquistarlo alla Chiesa. Se tutti i bambini degli Israeliti e de' Protestanti non hanno a essere similmente sottratti ai genitori, e se il Papa vuol essere Papa, non c'è che un modo: non essere Re. Il concedere agl'Inglesi luogo di sepoltura decente per tolleranza dell'oro e dell'armi britanniche, il negarlo ai Greci perchè poveri e deboli, è contradizione che offende la coscienza e il pudore, il senso comune ed il senso della umanità.

Dunque il non potere lui sempre neanco come Re quelle cose che come Papa dovrebbe, dimostra che il suo regno non gli serve a nulla di bene, ma gli moltiplica con le cure i rimorsi. Da una sola città gli sarebbe possibile escludere le ballerine, e altri simili diletti e piaceri, amenità e leggiadrie, le quali del resto nessun uomo di Stato, per profano e profondo che sia, ha senténziato finquì necessarie al progresso della ragione, alla libertà dei popoli, alla felicità della vita. Ma il fatto delle ballerine (alle cui vivacità mi si dice che possa sedersi spettatore il porporato che ha in cura la polizia, cioè il buon costume della Città Santa) è pure una leggerezza, un fuscello di paglia, rispetto ai soldati svizzeri (e a quanto dicesi, anche d'altra progenie) che sono la trave confitta nell'occhio del Cardinale Antonelli. Dico del Cardinale Antonelli, perchè Pio IX nel mio pensiero è collocato più alto, non solo per la dignità del suo grado, ma per la bontà delle sue intenzioni, le quali non sorrette dalla forza dell'animo, amici e nemici a gara fecero infruttuose. Se, come Paolo sublimemente c'insegna, Carità è più che Fede; or mi si dica qual sostegno alla Fede possa prestare una forza odiata e sprezzata, insulto quotidiano alla divina carità.

Ma tempo è di venire alla parte pratica dell'opuscolo; la qual sola è nuova, giacchè degl'inconvienti del regno sacerdotale, e del modo di rendere il pontefice non solamente non suddito ma più che re, ampliando la potestà vera sua col restringere l'apparente, e col dileguare le illusioni bugiarde, altri avevano già fatto parola. E questo all'autore è lode, perchè dimostra non essere una singolarità strana la sua, ma proposta fondata così nell'opinione di molti autorevoli come nell'esperienza pubblica e nella pubblica coscienza. L'importanza del nuovo libro gli viene dal luogo e dal tempo, e desta in molti la voglia di conoscere se nell'autore, qualunque egli sia, cotesta sia idea nuova o antica. Io dico che antica. Altri ne frastornarono lo svolgimento con fatti de' quali non è lecito dire chiaro perchè troppo segreti, e superfluo dire a lungo perchè troppo palesi, dolersene inutile perchè irreparabili. Ma volendo in qualche parte ripararli, e rannodare le fila rotte, l'autore qualunque si sia (O quem te memorem?) scrisse questo libretto; che a taluni parrà transizione brusca, contradizione, e non è punto.

Parrà veramente che in questione concernente il pastore del gregge cattolico, soli dovessero i potentati cattolici averci lingua: ma badiamo che qui non si tratta delle sorti, com'altri disse con improprietà, del papato, il quale per certo non dipende nè da re nè da popoli, nè Congressi lo terranno ritto, nè rivoluzioni lo rovesceranno. All'essenza del papato in tanto solo collegasi la trattazione presente, in quanto il regno al papato è impaccio e tentazione: ma i Principi se per questo facessero congresso o guerra, non riguarderebbero il Papa se non come un principe italiano, insopportabile ai popoli italiani, e quindi incomodo a Europa tutta. Di questo son giudici anco i Potentati acattolici; i quali anzi, siccome meno interessati, sarebbero meno sospetti di fini obliqui; e anche l'essere più lontani farebbe ad essi discernere meglio certe cose che la prossimità o sminuisce all'occhio o confonde. Più ragionevole sarebbe l'opporre: come e con che titolo, di punto in bianco l'Europa de' gabinetti possa entrare a decidere le sorti de' popoli italiani. Qui la risposta è terribilmente facile e pronta: può perchè può. Agl'Italiani toccava provarsi d'incominciare a volere essere più padroni in casa propria, voler esser almeno in grado di poter dimostrare co' fatti il loro diritto al più o men prossimo esercizio d'una qualche particella della lor padronanza: ma inutile adesso riparlare di ciò. Resta solo a desiderare che chi può, voglia il bene degli Italiani: e gran bene al certo sarebbe che si togliesse dai loro occhi lo spettacolo d'un regno odiosamente inetto, e si desse a Pio IX la forse da lui segretamente bramata opportunità d'un comodo sagrifizio, d'un glorioso rifiuto. Coloro che approfittano della sua regale servitù, urleranno intorno alla sua coscienza, la assorderanno; e chi sa non riescano a farlo a sè medesimo parere martire di quello appunto che più scalza l'edifizio murato col sangue de' martiri? Ma checchè sia delle battaglie che quel pio infelice avrà a sostenere, gli è cosa sicura che a togliergli dal viso la maschera che lo affoga di principe, basta un solo atto di forza clemente; a tenergliela, voglionsi atti quotidiani di violenza imprecata e impotente.

L'autore dell'opuscolo che rimarrà documento di storia, con ingegnoso diletto discorre dei vantaggi onorati che alla nuova Roma verrebbero se la potenza pontificale in lei si trovasse purificata, e a dir così condensata. Senonchè, tra le lusinghe, gli scappa detta una parola che suona minaccia, e già diede appiglio alle obiezioni di coloro a' quali il distruggere è creare; dico là dove condanna i cittadini dell'eterna città al culto eterno delle rovine. Se ai Romani si lascia la cura grave di amministrare davvero le proprie faccende, di migliorare gl'intelletti e gli animi de' loro fratelli e le condizioni della comune vita, di custodire non solo ma d'intendere e d'illustrare i loro monumenti, e degnamente ampliarne con opere nuove l'eredità; se ai Romani concedesi il diritto di trattare tutte quante le grandi questioni che affaticano e consolano lo spirito umano, e la cui piena discussione non è punto inceppata dalla credenza cattolica; se ai Romani si lascia l'esercizio delle armi cittadine, le quali non sarebbero rivolte mai contro un prete inerme, e difeso dalla venerazione e dalla indignazione di tutta l'Europa civile; se ai Romani si largisce la cittadinanza italiana, la facoltà di poter villeggiare a piacere nell'Italia laicale e di porre ivi dimora alla pari con i natii, e di prendere parte con Italiani e stranieri alle grandi imprese economiche e commerciali, d'educazione e d'arte, alle quali la presente Europa in gran parte è immatura tuttavia; non temete che venga ad essi in ribrezzo il domicilio nella città fatta capitale davvero del mondo cattolico, la Parigi e la Londra della religione; nella città ispiratrice e nutrice di nuovi ordini religiosi, e de' vecchi (secondo il vecchio cattolico titolo) riformati nella città; ispiratrice e nutrice di Congregazioni destinate non tanto a numerare gl'innumerabili e illeggibili libri dov'è qualche proposizione non vera, senza discernere i gradi dell'errore e la più o meno reità dell'intenzione, e così additandoli alla curiosità de' malevoli e facendone scandalo, quanto consacrate a consigliare e creare libri nuovi e nuove istituzioni benefiche al mondo; nella Città ispiratrice e nutrice d'Apostoli che, forti in dottrina di lingue e di letterature, e d'erudizione varia e delle scienze stesse de' corpi, vadano per tutta la terra predicando la verità con la parola e con l'esempio e col sangue, e non comportino che Roma in ciò sia da meno di Lione; nella Città illustrata da Cardinali che tra i più dotti e benemeriti ciascuna nazione cattolica sceglierebbe in proporzione del numero de' suoi fedeli, arricchita di rendita netta e onesta dagli spontanei tributi di tutte le cattoliche nazioni. Se nella Roma governata qual è, se nella Napoli di Ferdinando e di Francesco è sì grande il numero de' forestieri non solo viaggianti a diporto ma lieti di fermo soggiorno; or pensate se la fame de' giornali e la sete de' parlamenti; se il bisogno da certa libertà così urbana e di certa così gioviale eloquenza potrebbe lasciare deserta la città unica, divenuta puramente religiosa, e libera quietamente.

Io non so se da quell'opuscolo deva riuscire deliberazione pacifica di Congresso o risoluzione di guerra; non so se le due cose insieme; non so se unite, o l'una da sè, conseguiranno l'intento: ma giova che la proposta sia fatta, sia fatta fuori d'Italia, sia fatta da uomo riverente alla sede. Quello che più disturberebbe il buon esito, sarebbe un intenzione empia in impresa sì pia. Le apparenze stesse e i sospetti dell'odio o del disprezzo nocerebbero gravemente. Se gl'Italiani, irritanti dalla lunga stolta spietata tirannide di coloro che abusano il nome del Papa e di Cristo, movessero da sè soli a spodestare il principe; anco non commettendo atti indegni, parrebbero avventarsi a lui come a preda; farebbero sembrare non solo lui vittima, ma il Cardinale Antonelli e i fratelli suoi, martiri; tirerebbero sopra sè la detestazione de' fedeli lontani che ignorano le costui colpe, e par loro atto di fede il discrederle; ai nemici interni ed esterni offrirebbero atroce pretesto di scagliarsi contro noi, come contro crocifissori dell'Unto di Dio. Nè sarebbe maraviglia vedere potentati acattolici per loro mire e per nuove brighe, che a un tratto trasmutano gli alleati in avversari e i rivali in amici, i potentati acattolici farsi vendicatori del Papa a fine di più avvilire il Papato e di comprimere le speranze di questa Italia importune. E già ne avete preludii: ecco giornali stranieri bisbigliare parole sinistre: ecco già l'Austria che santamente per dono della santa alleanza si pigliava e si tiene le provincie papaline oltre Po; l'Austria che fabbricava non solo in Ferrara e in Comacchio alla sua Aquila i nidi; l'Austria che, tutrice della indipendenza del prete, dentro ai dominii del principe contro il principe cospirava, servendole non solo i Castagnoli e i Baratelli, ma i suoi uffiziali che pubblicamente screditavano il governo del prete; l'Austria che ai canoni del prete indipendente per molti e molti anni nelle sue Università fece guerra, tacendo esso prete indipendente e benedicendo; ecco l'Austria (dicesi; e io nol vo' credere ancora, ma il rumore stesso è un preludio) che all'apparire di un opuscolo anonimo, ne domanda ragione all'imperatore de' Francesi siccome a suddito da chiamarsi con un precotto di polizia al tribunale della censura sua aulica. Insomma, se altri che gl'Italiani potessero dedicarsi a quest'opera, sarebbe una benedizione: e pare a me che dovremmo, anco a patti che dianzi ci fossero sgraditi, accettarla.

Quanto difficile sia liberarsi dall'Austria l'abbiamo provato e proviamo; ma meno difficile questo agl'italiani anche soli, che a loro soli sottrarsi al Cardinale Antonelli senza una guerra europea. L'Italia liberata dallo straniero, crescerebbe, giova sperarlo, in nazione grande; ma chi liberasse il Papato dal regno, farebbe migliori le condizioni di dugento milioni d'anime umane, anzi di tutta intera l'umanità, della quale i popoli cattolici, nessun può negare che siano una delle più nobili parti e destinate a più fecondo avvenire. Se per questo benefizio da rendere a tutta la specie e a tutti i secoli, fosse irremissibilmente ingiunto all'Italia il non essere per ora Nazione una, o il sostenere altro sagrifizio; l'Italia lo dovrebbe, lo vorrebbe di certo.

Resta a vedere se cotesta sia condizione irremissibile; e importa saperlo. Chiunque teme conoscere questa verità, chiunque si sforza con furberie semplicette di sviare da questo punto l'attenzione degli Italiani, con qualunque intendimento lo faccia, li tradisce, tradisce sè stesso. Pensiamo che in altro opuscolo grandi promesse sonarono, e l'adempimento ne incominciò, e fu interrotto: di questo non accada il simile, almeno per colpa nostra. Altri, uso già ai disinganni, sospettava che nell'opuscolo non s'intendesse se non preparare anticipata alla Francia una scusa, per poter dire poi: Volevamo; non s'è potuto. Io non vo' credere questo: ma ad ogni modo è dovere degl'Italiani il non fornire scuse, cercate che siano o no; il fare in modo che non si possa mai dire loro: Noi volevamo; siete voi che non avete voluto.

L'autore dell'opuscolo pare, a come parla, abbastanza informato di quel che la Francia può e vuole; pare che creda e brami far credere un pensiero maturato, non mutabile per ostacoli già previsti e da doversi coraggiosamente incontrare. Se altri chiede ragioni da non si rendere, se minaccia; la Francia, dopo provatasi di dileguare i sospetti ingiusti, di associare all'alta impresa quanti se ne sentono degni, può apparecchiarsi a diversa risposta, ove questa si voglia: mostrare (e adesso sul serio) i suoi legni nelle acque di San Marco, sollevare il Friuli, far con un soffio ch'Etna e Vesuvio ribollano. Sessanta milioni tra d'Italiani e Francesi possono dar da pensare all'Europa, foss'anco tutta nemica; che non sarà. E se non bastano, c'è la Polonia che geme; l'Ungheria c'è che freme; c'è la Croazia, memore del benefico governo francese, e, purchè non la soggioghino ai Magiari, pronta a levarsi per le proprie franchigie violate, e per la civiltà a cui fu fatta con arti tristissime parere avversa. Napoleone I, per sua sventura e nostra, nel suo grande spirito non comprese lo spirito delle nazioni; dalla Russia al Tirolo, dalla Germania alla Calabria, dall'Inghilterra alla Spagna, le provocò tutte, e cadde. A Napoleone III s'aprono più sicuri e più alti destini, purch'egli voglia; e ha provato che sa volere. Ma perseveratamente non si vogliono se non le opere generose.

Un giornale che a me non cadde di dover nominare molte volte che potevasi a lode, e però non lo vo' nominare, adesso che devo contradire in parte a una sentenza forse non propria de' suoi direttori; un giornale italiano, trattando di quella che molti chiamano vendita della Venezia, soggiunge che l'Austria, liberata da quest'impaccio e pericolo sempre più minacciante, potrà con migliore agio e coscienza dedicarsi a fare men dure le sorti degli altri popoli a lei soggetti, e così più sicure onoratamente le proprie. Questo è consiglio utile e a' popoli e all'Austria stessa: e noi dobbiamo desiderare l'utilità anco di quelli che ci recarono e recano danni; con tanto più sincero animo desiderarla, che il bene vero dei governati non si può mai dividere da quello dei governanti; e finattanto che creature umane all'impero d'Austria vivranno soggette, sarà sempre debito d'umanità l'augurare che Austria le tenga in maniera comportabile e a quelle e a sè stessa. Il detto giornale prosegue dicendo che all'Austria gioverebbe rammentarsi degli obblighi ch'ell'ha verso la nazione Ungherese e al possibile farla contenta: ed è sano consiglio anche questo, dacchè la nazione Ungherese e per la innata prodezza, e per le ingiustizie patite, e per le dovizie materiali e morali che raccoglie in sè, meritevoli d'essere svolte e tratte nella luce del mondo civile, e per il vigore di volontà che ha mostrato, è degnissima di commiserazione e di riverenza. Ma da questo non segue che, per affidarsi ai Magiari, abbia l'Austria, diffidando de' popoli slavi, come di quelli che le preparano l'ultimo crollo, a concedere ai primi quella condizione di cose che noccia ai secondi. Ognun sa che, tra le altre richieste, i Magiari vogliono l'integrità dell'antico regno; e con questa parola è da temere che taluni non intendano la trista e a loro medesimi funesta libertà di trattare gli Slavi alla maniera che innanzi il 1848 li trattavano; onde poi vennero le resistenze terribili delle quali Austria ben seppe approfittare, e da ultimo l'infelice esito della guerra. La quale, se condotta dall'Ungheria e dalla Croazia cospiranti, avrebbe prevenuti i soccorsi della Russia, o li avrebbe fatti impotenti; avrebbe insieme con quelle due nazioni liberata l'Italia. Non è certamente da credere che lo scritto del giornale al quale accenniamo, intendesse insegnare all'Austria come si faccia a schiacciare l'un popolo con le forze e con gli odii dell'altro, e quel de' due che rimase depresso rialzare poi, per deprimere quello che con la sua vittoria minaccia diventare molesto. Siffatti consigli, buoni forse a bisbigliarsi all'orecchio tra principi e principi d'una certa natura, non si conviene che i popoli li diano a' principi, e molto meno popoli oppressi ne siano liberali al loro oppressore in danno d'altri popoli nella miseria compagni. Gli ammaestramenti che soglionsi a titolo di biasimo dire machiavellici, a me sempre parvero, anzichè furberia, ineffabile semplicità: e questo del quale parliamo, se all'Austria fosse dato da uomini italiani, sarebbe il più machiavellico, cioè il più malaccorto di tutti. Non è dunque neanco da immaginare che accennando al pericolo che Austria può dagli Slavi temere, lo scrittore intendesse armare i sospetti di lei contro quelli; ma conveniva, se non sbaglio, avvertire espressamente che dai diritti del regno Ungherese vuol essere esclusa la così detta integrità nel senso odioso a buona parte de' già componenti quel regno.

Non solamente certi giornali esagerando per sfogo di benevolenza, e a buon fine, e di buona fede i vantaggi de' popoli che prendono a difendere, ma i Potentati e i popoli stessi col dimostrare o troppo presto o troppo spesso, e dapprima con soverchia instanza e poi con poca costanza, il loro affetto verso tale o tal nazione, nocciono da ultimo più che giovare. Se le più delle protezioni in effetto tornano da ultimo moleste e tremende, non riescono un gran benefizio neanco le protezioni in promessa. Che non si disse, e che non pareva volersi fare a pro della sventurata Polonia? Tutti gli anni abbondanza di pie perorazioni dalla ringhiera di Francia; tutti gli anni nella risposta della Camera al Trono, una parola di raccomandazione degnevole per la Polonia. Ma poi? Non vorrei il simile per la prode Ungheria. Ma so di buon luogo che taluni degli stessi Ungheresi, i quali sono entro nel paese e non amano illudersi, sperano meno baldanzosamente che i loro amici di fuori; nè pare ad essi caparra di validi aiuti la dissoluzione della già solennemente forgiata legione ungherese. E quest'è un fatto palese, e che lascia arguire altri fatti segreti, tanto più malaugurosi al domani, quanto parevano l'altr'jeri più lieti. Gli Ungheresi che si trovano sopra luogo, ben sanno che in Ungheria quegli stessi che amano caldamente la patria, non hanno nè verso l'Austria nè verso le varie schiatte de' propri concittadini i medesimi sentimenti, nè le opinioni medesime quanto al da farsi; e che quand'anco nell'ora del cimento la concordia fosse piena, non sarebbe così un'ora dopo. Sanno che fin nelle recentissime resistenze gli stessi Protestanti, i quali la comune causa doveva più strettamente congiungere, si sono divisi; altri accettando le concessioni austriache, altri no. Sanno che oltre alla Croazia, distinta dalla natura e in parte dalle istituzioni, l'antico regno magiaro ha dentro in sè molte razze e diverse, e che la nazione la qual darebbe il nome allo Stato, dei dodici milioni di quello ne fa soli cinque, e che gli altri milioni non comporterebbero oramai le condizioni di Governo che già a malincuore pativano. Sanno che non solamente la parte democratica, ma quegli stessi magnati che sono sospetti ad essa, non cessano però d'essere all'Austria sospetti; la quale della presente unanimità in tanto solo non teme in quanto la crede apparente, in quanto spera potere dentro nel paese stesso fomentare le dissensioni, e aiutarsene. Il credere, dunque, che Austria per timore degli Slavi si possa confidentemente abbandonare a Ungheria, e Ungheria ad Austria per odio degli Slavi, sarebbe illusione mal cauta, e in uomini liberali inonesta.

Onesto e prudente e utile a tutti, ma principalmente agli Ungheresi, sarebbe il dichiarare netto fin d'ora quel ch'essi intendano per diritti del regno e per integrità; giacchè ne' termini ambigui si nasconde spesso insidia non solo a chi li ode, ma a chi li pronunzia. Giova che Austria intenda bene quel che da essa richiedesi, perchè poi non faccia le viste di frantendere, come suole sempre a vantaggio proprio, con quella furba affettazione di dabbenaggine che canzona gli accorti; e acciocchè del frantendere innocente altrui non faccia arme a sè. Giova che gli altri popoli o attigui o misti agli Ungheresi sappiano qual destino a loro si vien preparando; e non solamente gli antichi e recenti sospetti e dispetti s'acchetino, ma gli animi e le braccia si dispongano a potentemente propugnare i comuni diritti, comuni davvero. Giova che gli Ungheresi stessi tra loro s'intendano; giacchè non s'intendono bene ancora, e se non si vuol dire dissenzioni, tra essi serpeggiano dubbietà. Giova che ciascuno di loro intenda bene se stesso; giacchè dall'osservazione di quanto essi fecero nel 48 e nel 49, e di quanto ordirono poi, dall'udita di quanto dicono in palese e in segreto, mi par di raccogliere che molti di loro non sono ben fermi di quel che vogliono, e stanno attendendo dagli eventi consiglio. Pericolosa incertezza, la quale ormai da amarissima esperienza proviamo quanto ai popoli faccia danno, e quanto se ne approfittino i loro nemici. Un de' malanni di tale incertezza è il fare inganno a noi stessi; e intanto che noi con le indeterminate speranze illudiamo altrui, siamo noi medesimi più traditi che traditori; l'improvvida temenza di guardar fiso nell'avvenire e di dire quel che vediamo, ci frutta non solo disinganni e sventure, ma odii e dispregi e calunnie.

Se, a cagione d'esempio, per integrità del suo regno l'Ungheria intende che a lei venga restituita la ricca regione del Banato, la quale dalla violenza astuta dell'Austria fu dopo il 48 divelta per indebolire esso regno, sotto pretesto di favoreggiare lo svolgimento della nazione Serbica, da' Magiari compressa (favore che da un governo tale qual è l'austriaco non si sarebbero neanco i Serbi aspettato); se questo s'intende, è di tutto diritto la chiesta. Ma quel che l'Austria faceva le viste di volere così per istrazio de' Magiari e per ischerno de' Serbi stessi, l'Ungheria deve operarlo sul serio e di cuore, acciocchè l'integrità del regno apparisca, com'io credo che sia, cosa onesta. Dico che d'ora innanzi non solo non devono gli Ungheresi schiacciare le altre schiatte consorti, ma trattare le devono come concittadine, e all'incremento di ciascuna adoprarsi per infino a quel segno che non turbi l'armonia dell'intero, non ne dissipi l'unità. Or questo, forza è confessare che non fu nettamente proposto finquì; e che taluni, e autorevoli tra i Magiari, guatano quelle schiatte con occhio di dispregio o di diffidenza, non come sorelle, ma a mala pena suddite. Un recente indizio lo dimostra, indizio che non deve parere leggiero a chi sa come il fatto della lingua sia, non solo nell'ordine intellettuale ma nel civile, cosa di somma importanza. Perchè la lingua è il pensiero, il respiro dell'anima; la lingua è il vincolo delle intelligenze e de' cuori; la lingua è la proprietà della famiglia e della nazione; la lingua è il frutto e il germe de' secoli.

Fu nel 1836 statuito che la lingua degli atti pubblici fosse la lingua ungherese, cioè a dire che quanti d'altre razze la ignoravano, non potessero più parlare in Parlamento, e per ogni altro uso degli uffizi invocassero un turcimanno, e dalle cariche si astenessero infine a tanto che l'avessero appresa. Così tutti i non giovani, e gli occupati da altre cure e bisogni si trovavano a un tratto interdetti: e coloro stessi che allo studio di quel difficile idioma si fossero sottoposti, avevano pur sempre rimpetto ai Magiari uno svantaggio grave; e creavasi, oltre all'aristocrazia de' natali, e quella de' soldi, e quella degl'intrighi, una nuova e più pesante aristocrazia, della lingua. Perchè tutti sanno quanto il potere speditamente e convenientemente parlare e scrivere doni, in ispecie presso certi popoli e in certi casi, autorità e sicurtà di vittoria; e come i prevalenti per altri titoli sappiano nelle pubbliche lotte anche di questo valersi; e come nelle elezioni si faccia scusabile, anzi giusto e necessario, che sia prescelto colui che ha dominio della lingua dominante. Segue di qui, che tra le tirannie le quali aggravano più intimamente e più incomportabilmente, è da numerare la tirannia della lingua.

Ora leggiamo annunziato ne' giornali con vanto, come in Transilvania nella città di Clausenburgo fosse di recente deliberato da una società intitolata Museo che la lingua comune da usarsi abbia a essere l'ungherese. Notisi che quel Museo non è punto un'autorità dello Stato, che i soci sono tutti Magiari; e non è da stupire ch'essi amino usare la lingua propria. Ma la Transilvania non è magiara tutta; e la campagna, cioè la maggior parte della nazione, degna di riverenza perchè la più semplice e più abbisognante di protezione, è Rumena. Innanzi che Austria con le gravezze illegittimamente imposte in dispregio degli antichi Statuti opprimesse e villici e cittadini, quelli erano molto animosamente divisi da questi; adesso i comuni guai li congiungono e li fanno parere più concordi che invero non siano, che almeno non sarebbero, mutate in meglio le cose. Non è da credere che i Rumeni soffrirebbero essere trattati dai pretti Magiari com'erano già; e è da sperare che questi abbiano coscienza del dovere e dell'utile proprio. Certamente non si conviene al Governo di uno Stato qualsivoglia essere bilingue o trilingue e più; ma non è neanco da volere che questa unificazione ch'è una delle più difficili a consumarsi, facciasi come per infusione dello Spirito Santo: e prima di venire alla decisione assoluta, bisogna preparare e gli animi e le menti e gli organi della voce; bisogna sostenere i necessari indugi della preparazione; e capacitarsi che il far presto è un disfare, e che la scala si scende e si sale per gradi, o si ruzzola. E in nessun paese del mondo forse le preparazioni a ciò intellettuali e morali e civili appaiono più necessarie che nel regno ungherese.

Per toccarlo con mano, non c'è che da contare il numero degli abitanti di nazione ungherese e il numero delle altre schiatte. I Magiari non montano a cinque milioni d'anime secondo l'Almanacco di Gotha; ma pongansi pure milioni cinque. Que' di stirpe germanica secentomila; i Rumeni, dentro nell'Ungheria proprio, dugentomila; gli Slovacchi poco meno di due milioni e mezzo; Croati e Serbi cencinquantamila; quattrocentomila Ruteni. Nel Banato, già parte dell'Ungheria stessa, i Magiari non sono che trecencinquantamila; i Rumeni stessi son più di loro, cioè quattrocentomila; que' di stirpe germanica trecencinquantamila anch'essi, i Serbi dugentottantamila, cencinquantamila i Croati. I così detti confini militari dell'Ungheria (altri da quelli della Croazia, s'intende) fanno dugentomil'anime tra Tedeschi, Rumeni e Slavi; nè qui entra Magiari. In Transilvania Magiari meno di mezzo milione; ma diasi mezzo: cencinquantamila Tedeschi; un milione e settecentomila Rumeni. Insomma dei poco meno che tredici milioni del regno ungherese, Ungheresi c'è meno di sei, il resto parlanti altre lingue. Altri veda come sia giusto e facile cambiare a più di sette milioni d'uomini la lingua in bocca e l'anima in petto; cambiarla in questo momento di secolo che ciascuna nazione rivendica a sè l'eredità delle sue tradizioni, e la pura proprietà della lingua che alle tradizioni conserva, e da esse riceve, la vita.

Lo sforzo a rivendicare questa proprietà sacrosanta, tentata invadere dal più tristo comunismo che sia, del quale certi governi che chiamano sè legittimi porgono audacemente e incautamente l'esempio, lo sforzo che dico, è notabile segnatamente nella Croazia, la quale, intedescata già nella parte sua più civile, e abbandonata del resto, massime allorchè vide minacciarsi l'invasione della lingua magiara, si risentì, e diede cura alle lettere slave, adoprando la favella natia, sempre più appurata e arricchita. Non tutti forse gl'Italiani sanno che, secondo l'antico patto con cui la nazione s'era aggregata all'impero austriaco, oltre alle diete sue proprie, la Croazia, non so s'io dica doveva o poteva mandare suoi rappresentanti alla dieta generale del regno ungherese: ma perchè essa intendeva conservare distinta la sua propria vita, che Austria e Ungheria volevano, insieme cospirando, sottrarle di furto; alla dieta non mandava già deputati di ciascuna provincia, ma due nunzi soli; e questo per tema che le sue Provincie, a poco a poco assomigliate a quelle del regno ungarico, non fossero da ultimo confuse con esse, e fatte suddite; e così assorbito, sparisse quel regno che aveva già esercitato il diritto d'eleggersi re suoi propri, altri da que' d'Ungheria; aveva franchigie proprie, e imposte minori. Andando dunque alla dieta i due nunzi, quando la lingua magiara fu diventata lingua del parlamento, sebbene la sapessero anch'essi e nelle adunanze preparatorie la usassero, nella pubblica dieta se ne astenevano apposta, e parlavano il già consueto latino, con ira de' deputati magiari strepitanti e picchianti delle sciabole in terra, intanto che uditori dalle ringhiere spianavano le pistole sui nunzi imperterriti. Così l'antica lingua d'Italia, alla nazione che contro l'Italia pur troppo esercitò le sue armi, si faceva scudo e arme. Or se mai taluni degli Ungheresi con l'integrità e co' diritti del regno intendessero ricuperare l'istituto della comune dieta, e obbligare la nazione sorella a parlare la lingua straniera a lei, ignota ai più de' suoi figli, tacersi; io non so se nell'Europa civile gli uomini amici di libertà potrebbero a cotesta maniera di guerra così cordialmente applaudire come ammirarono quella che nel 1849 sostenne in campo l'animosa Ungheria.

A dileguare fin l'ombra delle superbie e degli astii vecchi dovrebbe invero bastare la coscienza de' comuni dolori: e se Austria diffida e paventa di Magiari insieme e di Slavi, e s'ingegna gli uni contro gli altri aizzare, questa almeno dovrebbe essere ragione potente a amicarli. Una vertigine provvida ai popoli travolge i pensieri della corte di Vienna; che dopo il 1849 poteva conciliarsi l'una almeno delle due nazioni, o qualche ordine almeno di persone in ciascuna delle due, alleviandone i pesi, dimostrandone a qualche modo fiducia e riverenza: ma tutte Vienna le esasperò. E come se gli antichi fomiti fossero pochi, sopravvenne il Concordato con Roma (alzata d'ingegno tutta profana, per fare della sagrestia un'anticamera al gabinetto di corte) sopravvenne a incitare in Ungheria il risentimento de' protestanti (che tra' Magiari sono il maggior numero, e forse i più ricchi), i quali dello zelo religioso rinfiammarono l'amore di patria, e per questo parte degli stessi Cattolici ebbero consenzienti. Così il Concordato, che in Italia apparve uno scherno delle curie vescovili e della curia papale, facendo più impertinente la licenza della polizia civile e della polizia soldatesca, il concordato in Ungheria parve volersi dall'Austria pigliare in sul serio, e suscitò contro lei serii impacci. Ma se gli Ungheresi ebbero lo speciale privilegio di cotesta molestia, in altro furono troppo appareggiati agli Slavi. E nell'uno e nell'altro paese i beni della nazione, quasi fossero beni della famiglia imperiale, furono (ricchezza inestimabile in mani intelligenti) venduti per una miseria, come si suole dai prodighi e dai disperati. E le imposte, già tenui, sopraccrebbero in modo tantopiù incomportabile quantopiù inusitato. Le diete de' due regni ne stabilivano un tempo la quantità, anzi la concedevano, secondo i patti dall'Austria giurati: oggidì l'arbitrio imperiale le impone, come fa il Gran Signore de' Turchi; e Ungheria paga d'imposte dirette ottanta milioni di fiorini; e i dugentottanta mila che pagava Croazia, sono montati a sette milioni, somma esorbitante per paese povero, e più tirannesca gravezza di quel che siano gli ottanta all'ubertosa Ungheria. Aggiungansi le indirette che ascendono ad altrettanto, e che massimamente sul popolo di Croazia pesano odiosamente; al quale era ignota la maledizione del bollo; e ad essi la cultura libera del tabacco, trafficato utilmente anche fuori, era grande rinfranco. E tutto questo non per rifondersi in servigio delle nazioni aggravate, ma forse più che la metà per opprimere e quelle e altre nazioni, e principalmente l'Italia; per gettarlo nelle voragini della polizia e della guerra, e servire alle ladrerie degl'ingegneri militari e di generali voraci; un de' quali è ora appunto sotto processo infame, e col deporlo, è già condannato dal padrone suo stesso.

Se dunque (per rivenire a quello da cui si è cominciato il discorso) Austria, temendo de' popoli Slavi, intendesse aizzare i Magiari contr'essi; dico primieramente che non le riuscirebbe l'arte sua trista, come le riuscì l'altra volta: ma poi, se mai, lusingando le passioni d'un partito, ella cominciasse a parere di poter conseguire in alcuna parte l'intento, allora sì che l'amor patrio de' popoli Slavi, fatto più veemente dalle passioni irritate, accrescerebbe ad essi potenza. Croazia, già vergognata e sdegnosa de' patti antichi infranti, delle promesse fallite, della odiosa parte che le fu fatta prendere in servigio dell'Austria, impoverita e dal mal governo e da' tributi, conscia più che mai della forza propria e del proprio diritto, si solleverebbe tutta con l'impeto degli uomini semplici che si conoscono, peggio che traditi, delusi; e troverebbe, tra i popoli e tra i potentati d'Europa, aiutatori e segreti ed aperti. E quand'anco (cosa non credibile) Austria potesse contro lei avventare l'intera Ungheria, quand'anco in Ungheria non fossero e protestanti mal contenti e Slavi compresi, e Rumeni aspiranti al consorzio di Moldavia e di Valacchia, gli ottantaquattro mila dell'esercito magiaro (de' quali la cavalleria famosa e terribile è il nerbo) non so quanto varrebbero contro i cenventimila Croati, infanteria forte, che Napoleone da Smolensko onorava col titolo di suoi prodi; contro tutto il paese dalle alture e dalle foreste combattente per la propria terra e per le case e per le donne, anch'esse non digiune di guerra. E quand'Austria col braccio di sudditi, jeri ribelli e a un tratto fedeli, vincesse; l'impero già più non sarebbe Austriaco ma Magiaro; Ungheria al suo padrone detterebbe la legge. E se questo non fosse; se Austria, trovato non più che un docile arnese di guerra, sapesse rimanere tuttavia imperatrice; che penserebbe la Francia della sua così rassodata potenza? che ne penserebbe la Prussia? e i potentati d'Europa tutta, che tanto fanno per il loro così detto equilibrio, e per quello soffrono tante cose? Ma quando pur tutti si compiacessero nella depressione de' popoli Slavi operata per il valore de' Magiari in servigio dell'Austria; certo che gl'Italiani non ci si dovrebbero compiacere. Anche posto che la così detta vendita del Veneto sia patteggiata, e Austria riscuota la mercede de' sagrifizi all'Italia fatti patire, e se ne stendano le carte in regola per man di notaio, e del contratto entri mallevadrice l'Europa benevolente; chi dice a noi che Austria ringagliardita non trovi altri titoli, oltre a quelli per cui è creduta ora legittimamente tenere un piede in Italia, per metterceli tutti e due, e per tentar d'assaggiare altre provincie oltre a quella che avrebbe venduta? La dialettica della forza è feconda di spedienti ingegnosi; e la legittimità del cannone sa farsi tenere più imprescrittibile che il jus delle genti.

Non ho finquì rammentato la Russia perchè le serbavo luogo speciale, per quindi prendere il destro ad un umile avvertimento che gioverebbe, se non isbaglio, e a Russia e ad Austria, e a Slavi e a Magiari. Se Austria seguita la perversa via d'irritare gli Slavi, o lo faccia per opera de' Magiari o altrimenti; badi bene ch'ella si tira addosso gli sdegni e le forze di circa ottanta milioni d'uomini, i quali già troppo Russia tende ad attrarre a sè, senza che s'aggiunga la molla dell'odio alla potenza delle credenze religiose, e alla innata smania del nuovo, e all'amore del lontano che spesso apparisce più desiderabile o più venerando, e al lenocinio delle promesse e delle lusinghe e de' doni. Austria sa che anco prima della guerra ungherese, nella quale il soccorso russo non fu mosso tanto dalla tema di ribellioni contagiose, quanto dalla voglia d'accostarsi all'Europa civile, e dall'ambizione del patrocinare ch'è sempre via comoda al padroneggiare, anco prima della guerra ungherese, e dei dispetti eccitati da quella che suol chiamarsi ingratitudine di lei verso il suo salvatore, Austria sa che anco prima, dicevo, viaggiatori russi passeggiavano le sue provincie seminando regali e parole tentatrici, e pur con la presenza tacita e col nome di Russi tentando. Austria sa che da non pochi tra gli Slavi del mezzogiorno col nome d'imperatore intendesi Pietroburgo, non Vienna; sa che in Boemia e altrove sono scrittori da Russia salariati; sa che il Montenegro, meglio che per telegrafi elettrici, corrisponde con Pietroburgo per fila d'argento; sa che ora mentre parliamo, per via di libri e di messi, l'antica cospirazione ferve più che mai operosa. Stava in lei farsi capo vivente agli Slavi del mezzogiorno; concedere ad essi quelle temperate libertà che Russia non poteva e non voleva concedere; e senza deprimere quelli del rito greco, ma anzi conciliandoseli e distaccandoli da colui ch'essi onorano come papa, rispettare gli Slavi cattolici, sì che non s'abbandonino anch'essi alla Russia disperati e frementi. Questo giovava da ultimo alla Russia stessa, la quale non può certamente fino alle Bocche di Cattaro distendere il suo già troppo ampio impero; alla Russia le cui ambizioni danno già tal noia all'Europa, che i più prudenti tra' Russi, o lo facciano ad arte o davvero, non più ragionano di panslavismo come di signoria esercitabile materialmente, ma di popoli Slavi confederati. Sarebbe ormai tempo d'accorgersi che l'equilibrio europeo non può più essere una scherma di reciproche gelosie tra' potenti, nè uno sforzo loro concorde per dividere i deboli, i quali, lacerati dal ferro e dai trattati, sui campi di battaglie e nei congressi, pur tuttavia sentono la vita, e tendono a raccostarsi, a raccogliersi in corpo retto da un'anima e da una mente.

Ma non dappertutto la natura e la storia consentono che ciascuna schiatta di popoli faccia, così nettamente come potrebbe in Italia, nazione da sè. E per parlare segnatamente dell'Ungheria, l'una stirpe sul terreno medesimo è quasi insinuata nell'altra; e forza è che vivano alla meglio sotto un comune governo. Acciocchè la mistione non sia nè confusione nè stretta angustiosa, un solo spediente c'è, ma sicuro: ridurre al mero essenziale l'unità del governo; e nell'amministrazione della provincia e del municipio lasciare allo svolgersi di ciascuna parte distinta, quanta si può mai libertà. Questo solo può conservare all'Austria quel tanto di vita, ch'ella non ha co' suoi falli già tolto a se stessa, questo solo può risparmiare alla Russia la prematura decrepitezza che le è minacciata.

Quanto all'Italia, ci pare aver già detto abbastanza quel ch'ella deva augurare ai Magiari e agli Slavi; e come alla possibilità e all'utilità de' suoi desiderii la probità sia congiunta. Non per richiamare memorie amarissime, ma per rammentare agli altri popoli il debito e l'utile loro, avvertiamo che troppo tardi l'Ungheria s'avvisò nella grande sua guerra di tendere la mano amica all'Italia; che quella dimenticanza nocente a lei e all'Italia del pari, non è ancora ammendata; che certamente ammendare non la potettero quegli Ungheresi che furono dall'Austria forzati a porgere nel 1859 così dure prove contro gl'Italiani del loro vigore animoso. Avvertiamo che i soldati italiani sotto il vessillo austriaco non furono forzati a spargere in pace e nel bel mezzo delle città sangue ungherese, come sparsero nel 1845 sangue croato, allorquando in Zagabria una commozione popolare insorta per causa d'elezioni municipali, fu sedata con le armi di militi italiani. Avvertiamo che nel 1859 gli spiriti erano tanto mutati da non si poter più Austria fidare d'alcun generale croato nella guerra d'Italia, da essere quelle milizie tenute al retroguardo per proteggere la ritirata; dappoichè ebbero per ben due volte fatta resistenza, essi soli di tutto l'esercito, a marciare innanzi, affermando essere contro i patti della nazione il guerreggiare fuor de' propri confini: della quale scusa noti s'erano armati mai finallora. Dalle disposizioni mutate importa trarre profitto; importa sapere che fin dal 1848 taluni tra gli Slavi erano disposti ad accordi con gl'Italiani, se ne fosse loro aperto l'adito, e l'adito cercarono essi, ma troppo tardi, da sè; di che io ho prove, e lo posso attestare. Importa sapere che un libro è dianzi uscito in Parigi, di scrittore croato, interprete del volere dei suoi concittadini di tutti i ceti, un libro in lingua francese, a provare con documenti diplomatici e storici i diritti della sua nazione, l'originaria costituzione del regno e le consuetudini e i patti recenti dall'Austria violati, il legittimo scadere di lei da' suoi titoli, per sola sua colpa seguito. Importa sapere che negli apparecchi dell'ultima guerra il padre veterano al figliuolo, sospinto a partirsi, diceva nelle pubbliche vie, udenti tutti: ricòrdati, figliuolo, di quanto tuo padre e i tuoi abbiamo, e inutilmente, patito. Importa sapere che in ricompensa dell'impero scampato alla stretta estrema, gli Uffiziali croati dopo il 1849 erano rimandati alle case loro senza soldo; onde taluni disperatamente si gettarono in terra turca a predare, altri agli edifizi pubblici nelle città appiccavano per vendetta le fiamme. Importa sapere che centomila circa tra donne e pupilli abbrunati dall'Austria nel 1848 e nel 49 piangono la loro indigente vedovanza e orfanezza; che a migliaia si strascinano per le città e per le campagne i soldati che la guerra mutilò e deformò (giacchè le materne cure dell'Austria da essi propugnata negano un ricovero e un pane a que' cadaveri vivi), si strascinano spettacolo di pietà e d'ira a' fratelli, accattando famelici da famelici, e la voce, che sola ormai resta ad essi, grida al cielo giustizia e pietà, pietà per la patria loro, pietà per quegli stessi Magiari e Italiani dall'arme loro e dalla credula fedeltà al Bèlial austriaco sacrificati. Importa sapere che non solo là dove prima non si vedevano impiegati tedeschi, ora impiegati e maestri insultano con la presenza, e tolgono ai nativi il campamento dovuto, e alla gioventù la sua lingua, ma per le terre e per le borgate sono disseminati soldati di polizia forestieri, documento di paura, e fomite di diffidenza, e contagio di scostumatezza in popolo semplice al quale è religione il pudore; e che questa è ferita di tutte più cocente, perchè offende l'onore e penetra l'anima. Importa sapere che quella nazione la quale, della civiltà non avendo tutti i vantaggi, non ne ha neppure tutti i contagi, disingannata e stanca com'è, può domani sorgere in armi; e se Francia o Italia sostiene con le sovvenzioni necessarie di danaro per tre o quattro mesi i suoi moti, Austria è ita. Or l'Austria nell'atto appunto di aprire alle chieste de' Magiari non gli orecchi suoi, ma le carceri; ai Croati che stanno minacciosamente muti, si volge spontanea con docilità e umiltà insolite, e con scossa subitana di pia sollecitudine, interroga di quel che sarebbe da fare per più svolgere lo spirito della loro Nazione, e per meglio coltivare il patrio idioma; e ciò col doppio intendimento, di placare i loro corrucci, e più urtare i Magiari palpando i Croati, e questi aver pronti contro quelli al bisogno. Ma questi, cogliendo intanto dalla profferta il loro vantaggio, sapranno scansare la rete marcia e squarciata; e non troveranno, speriamo, un bano Jellacich, che ponga il suo vanto nel farli flagello in mano altrui, flagello buttato poi a terra e calcato co' piedi; e ne abbia in premio lo scherno d'un titolo impotente, il dispregio de' suoi, una moglie, e vecchiaia prematura, quasi lunga agonia confusa d'imbecillità e di rimorsi. Noi altri aiutiamoli a emendare il passato; non li irritiamo col disprezzo, non li disperiamo coll'odio; non siamo (nel senso che molti danno alla parola più cattivo) croati a noi stessi. Se i fantasmi della paura sono debolezza fanciullesca, le superstizioni dell'odio sono ubbie fratricide. Ma nell'odio è paura.

Quel motto che dei Borboni di Francia fu sazievolmente detto e ridetto, gioverebbe che, se si vuole a altri principi, non si potesse almeno ai popoli appropriare: Niente hanno appreso, e niente dimenticato. Senonchè io a' popoli augurerei che, molto apprendendo, niente dimentichino; nè i falli propri, per espiarli; nè le offese altrui, per scansarne le cagioni e i pretesti, per provvedere come respingansi con onestà e con onore, per vincerle co' benefizi, e il rispetto degli avversi e degli sprezzanti conquistare con opere grandi. Apprenda sempre meglio l'illustre nazione ungherese a non diffidare di quelli che stanno a lei inseparabilmente attaccati, a convertire in vincoli d'affetto i nodi della necessità, che altrimenti la impediranno, e la strozzeranno. Apprendano gli Slavi o misti a' Magiari, fino ad ora congiunti ad essi sotto la medesima dinastia, a non odiare neanco chi li sconosce, a darsi a conoscere con fatti nuovi di mite civiltà generosa; e se il tempo ingrandisce il loro paese col consorzio d'altri loro fratelli differenti di riti di costumi o di lingua, vogliano concedere ad essi ogni agevolezza di libertà; non imitino l'antica durezza improvvida de' Magiari, la quale sentirono tanto intolleranda, che pur dall'ombra e dal pensiero rifuggono. Apprendano gl'Italiani a volere, non in decreti e in brindisi, ma in fatti e in affetti e in sagrifizi, sincera unità, non per tema del pericolo o per speranza di peculiari vantaggi, ma per obbedienza alle leggi della natura troppo qui violate dagli odii e dai sospetti, per terrore delle discordie, per vergogna delle aggregazioni fittizie, sotto le quali possono col tempo covare vanità peggio che municipali, d'uomini singoli e di partiti: apprendano a cogliere l'una dall'altra famiglia non tanto le facili utilità materiali, quanto gli esempi civili e morali di bene; a farsi gli uni agli altri ministri e discepoli, anzichè padroni e maestri. La docilità è dote propria degli uomini e de' popoli grandi. Per essa la Grecia e l'Italia, attingendo l'una dall'altra e dall'Oriente ambedue, si fecero educatrici del mondo, vinsero il vincitore.

FINE.